U0500756

火

鲁米抒情诗

［波斯］贾拉勒丁·鲁米－著

［伊朗］阿巴斯·基阿鲁斯达米－编

黄灿然－译

北京联合出版公司

Beijing United Publishing Co.,Ltd.

雅众文化 出品

虽然无罪，但我是她的奴隶，而她惩罚。

在爱的庄园里，如果不幸降临你
　　就把它当成幸事。

因为爱，我最终来到一个
　　就连爱也不知道的地方。

幸福的是那正直者，家里有心爱之人。

和我争吵。

这场争吵多甜蜜。

找借口，因为找借口是美人的时尚。

我不期待忠诚。

残忍是美人的天性、习惯和宗教。

我在这里，建议在那里。

斟酒人，分享这酒。

把那只滋养我灵魂的杯子

　　倾泻到我灵魂上。

斟酒人，恋人们的照料者，

　　把那只杯子放在我手里，

　　免得陌生人的嘴巴碰它。

奇妙事物属于眼睛。

幸福欢乐属于灵魂。

美带来的醉意、心爱之人造成的煎熬

　　属于头脑。

爱应该永远冲上云霄。

理性追求知识和风度。

我来找你，是为了揪住你的后颈，

　　为了让你恋爱，为了让你无私，

　　为了让你坐在心里和灵魂里。

你，开花的树，我来找你，

　　是作为幸福的春天，来快乐地拥抱你，

　　来震撼你。

我来找你，是为了在这座屋子里美化你，为了

　　把你举向天空，像恋人们的祈祷。

你是我的球，受我的球棒驱使。

虽然我引导你，但我跑在你后面。

当你自顾自，

　　心爱之人在你看来便像一根刺。

当你无私，你还需要心爱之人吗？

当你自顾自，你是苍蝇的猎物。

当你无私，大象就是你的猎物。

当你自顾自，你注定要愁云惨雾。

当你无私，月亮拥抱你。

当你寻求安宁，只有烦躁跟着你。

寻求烦躁并得到安宁吧！

为爱的激情所困扰的人无牵挂，

　　从毁誉中解放出来。

即使被砸了一万块石头

　　爱的晶体也依然完整。

面对爱的匆匆步履

　　天空、大地和很多其他事物会感到沮丧。

恋爱时你需要的不仅仅是忍耐。

理性不会提供援助。

无私是一块福地，不受任何人控制。

生活的商队经过。

听不见任何铃声。

心说话。

她美丽的面孔，水仙似的神奇头发，

    风信子似的眉毛，甜味的嘴巴。

爱啊！

人们给了你很多名号。

昨夜我给了你另一个：

难以治愈的痛苦。

你因为软弱而掉泪。

你不会计算你的幸福。

要么别再向真主祈求幸福要么少点埋怨。

心啊！

要么别望着每一条树枝，要么继续苦恼。

在两极接合时

    想想开始和结束。

我是一把流血的剑，又软又利。

我像这尘世。

我的外貌吸引人，我的良心危险。

别搅动浑水。

你的灵魂会澄清。

你的渣滓会沉淀。

你的痛苦会治好。

尊严和耻辱被爱情的酒洗净。

适当遵守爱情的规则

　　你就会不适当地行动。

哪里去了，那个来扰乱我们，

　　把昨天和明天的所有忧烦都一扫而空的

　　灵魂的斟酒人？

如同非存在中有存在，存在中有非存在，

　　一团火击中他的灵魂

　　并焚烧他的存在。

心啊！

虽然你敢追捕那只狮子，但要小心这头羚羊。

在她眼睛里，狮子是脆弱的。

她的眼睛是羚羊的眼睛。

我们是你那滋养灵魂的脸的崇拜者。

祝福我们吧，因为我们渴求你。

你的脸像太阳和月亮。

我们全都是你空气中的粒子。

别毫无理由地屠杀我们，如同你会屠杀敌人。

我们是你的熟人。

我们的死亡会满足你。

你的满足是我们唯一的目标。

你，和我相爱。

我使你不快乐。

少建设，因为无论你建设什么都会被我摧毁。

如果你建设两百座房子，像蜂巢，

　　我就会让你无家可归，像苍蝇。

你渴望囚禁人们。

我渴望使你又醉又烦躁。

你渴望做这个或那个的囚徒有多久了？

如果你从这个出来，我会把你变成那个。

很多每日的面包隐藏在

 人们寻找的每日面包背后。

灵魂啊!

面包师的工作以外还有很多烤面包。

你曾闭上眼睛问:

"白天在哪里?"

太阳照射你的眼睛说:"我在这里,开门吧。"

灵魂啊!

一棵树的种子喝水。

树枝和树叶出现。

它们是那棵树的灵魂。

她像一株挺拔的柏树。

去吧，去做她的阴影。

虽然她会消灭我们这些小树，

    但是跑到她前面或后面吧。

恋人啊！

如果她的心是石头，别逃。

不管是在起点或终点，我们都会被她屠杀。

要么与心爱之人结合，要么与酒结合。

如果你不能抵达海洋，也要把双脚伸入小溪。

悄悄在废墟里寻找爱的宝藏，

    当它在春天里开花。

一只鸽子呼吁祈祷。

树林站着祈祷。

体态高雅的美人是通往心爱之人的捷径。

旅行者啊！

别让你的心被任何一个地方绑住。

雄鸡啊！

停止宣布早晨的来临。

早晨带着光不宣而至。

在寻找心爱之人的快乐时

　　寻找自己的快乐是亵渎的。

爱是朝着心爱之人的庄园上升。

在心爱之人的脸上阅读上升的故事吧。

在生活中我们看见尸体挂着，很多像哈拉智[1]那样的人，

　　如同成熟的果实挂在树上。

1　哈拉智（858—922），波斯神秘主义者、诗人和苏菲派导师。

我像一朵花。

我整个身体都在笑，而不仅仅是我的嘴巴。

与心爱之人单独在一起我是无私的。

你带来灯笼并使我的心渐渐明朗。

不要只带走我的心，我的心和灵魂是一体的。

发个帝王帖吧。

国王啊，邀请每个人！

这个要和你在一起多久呢？

那个要单身一人多久呢？

我们踏上预料不到的旅程。

我们变得无私。

我们的心变得活泼。

我们变得无私。

曾经躲着我们的月亮，

　　把她的脸贴在我们脸上。

我们无私。

哪怕没酒我们也总是醉的。

我们快乐。

我们无私。

我们不需要任何人来记忆我们。

我们是记忆。

我们无私。

不要让大家的吻来污染你的嘴唇。

只让心爱之人的嘴唇变甜和陶醉。

不要让任何别人的嘴唇的香味从你自己的嘴唇里散发出来，

让爱飘逸、纯粹、独特。

穆萨[1]使自己与法老的财富保持距离。

慷慨的海洋授予他一只奇迹的手。

我们给欲望和疯狂点火。

每一刻我们都遇到血浪。

只要我们突破庇护的天空，

我们就是那些来自地狱的醉鬼的伙伴。

自我意识就是地狱。

少欲求，失去自己吧。

1　《古兰经》中的先知，即《圣经》中的摩西。

别让追求者心碎。

别残忍。

美丽的月亮啊，求求你！

就连笃信者也从不牺牲脆弱者。

给心爱之人倒酒，手里永远拿着杯。

她又苦又甜。

往事和爱管闲事是你的逻辑。

还是让它漫无目的和无牵无挂吧。

别对着镜子说话，

　　使她变成你的同伴。

如果你对着镜子说话，她会把自己遮蔽起来。

谁有个脑袋，就永远会担心失去它。

每棵植物都是水的迹象。

虽然被心爱之人拥抱，但我依然不安。

风从那棵解放的柏树朝我耳朵里
    低语好消息。

保持不在意。
当恋人们相聚，警醒的人会受到羞辱。
朋友们啊，在夜里醒来吧！
烛光、美酒、寂寞的心爱之人。
都在等着。

我们的死亡是快乐和结合。

如果对你来说它是悲伤的，那就别管我。

这世界是我们的牢狱，它的毁灭带来欢乐。

别在这座监狱里寻找忠诚。

在这里忠诚就是背叛。

和你结合时可以学到什么？

和你分离时可以学到什么？

要么在我的痛苦中迷失要么揭示治疗。

你因为我的无知而逃离我。

要么在我身上迷失要么教导我。

谁也不是忠诚的主人。

忠诚教导我忠诚。

你是我的世界和灵魂。

该拿世界和灵魂怎么办？

你是我的珍宝。

该拿得和失怎么办？

这一刻我是酒的爱好者，

　　下一刻是烤肉串的爱好者。

我陷入一个无穷尽的怪圈。

随着时间流逝，该怎么办？

我被每一个人震惊。

我逃离每个人。

我没有隐藏起来。

我是看不见的。

该拿这个世界怎么办？

与你结合给了我一次宿醉。

我对别人没有感觉。

你是我的猎物。

该拿弓和箭怎么办？

每时每刻，虽然做了清醒的辩解，

　　但我还是不用杯子喝了一百份酒。

在一个看不见的世界的帮助下，没有政治或诡计，

　　我伸手去接触飞鸟和神鹰。

在我的醉态里，从我手掌中出现奇异的鸟儿。

从我嘴巴里流出了酒。

快来！快来！

花园已经升起。

快来！快来！

心爱之人已经抵达。

同时带来灵魂和世界。

把一切献给太阳，它闪耀着剑似的光芒。

对那些不得体的人微笑，向那些犹豫的人微笑，

　　为那些跟心爱之人分离的人流泪。

大地用一百种不同的语言回应
　　来自天空的言语。
你啊，天空的爱好者，请善待那些
　　讲述上升的故事的人。

有工作要做，但我没有心爱之人。
没有心爱之人，一切工作都没有意义。
在心里爱着，是一件无穷的工作。
一切工作都会结束，除了爱。

闭上你的嘴巴。
话是一阵阵风。
这些风扬起的尘土遮蔽道路。

卖掉你的逻辑。

购买奇迹。

你将从这样的买卖中得益。

乐师啊，演奏音乐吧！

心爱之人，忠诚又幸福，醉着抵达。

每个人都选择一个人来爱。

我们心爱之人是爱。

甚至在我们存在之前我们的爱就已经醉着抵达了。

我对结合的期待有一双泥脚。

我为我们的分离而悲伤。

受折磨者的法则：

多些痛苦，少些眼泪。

来吧，变成虚无。

非存在喂养所有灵魂，除了那些除了悲伤
　　便什么也不是的灵魂。

我没有我自己。

你没有你自己。

我们进入这条溪。

在这块土地上除了残忍什么也没有。

这条溪溺人但不杀人。

它是生命之水。

它除了慷慨和善良什么也不是。

对你，关于你，我有很多话要说。

但沉默是金。

那因为你而保持沉默的笨蛋是聪明人。

谁因为你而背向艺术谁就是伟大艺术家。

除非心爱之人的梦与我们同在，

　　否则全部的人生都只是沉思。

恋人们的结合使房子变花园。

当心愿得到满足，

　　一根荆棘胜过一千颗海枣。

爱不能在智慧、知识、书本和论文里找到。

恋人们的途径不是日常谈话的途径。

爱的树枝在我们的世界之前就生长了。

它的根茎持续到永恒里。

它不在天空或大地上停留。

它没有树干。

我们背弃逻辑。

我们惩罚欲望。

逻辑和欲望不值得尊重。

心啊！

沉溺在因她而生起的忧伤里吧。

耐性是打开那道门的钥匙。

她会透露疗法。

耐性是打开那道门的钥匙。

吸纳所有忧伤。

她伟大的宝座突然耸立在你面前。

耐性是打开那道门的钥匙。

如果你还没疯狂，那就让自己疯狂吧。

哪怕输一百次，也要再赌一局。

有福的是那输掉一切

　　只剩下赌的欲望的人。

如果爱蒙羞也不要在意。
它还有别的名字和头衔。

很多人被心爱之人迷倒了。
他们不知道面包是什么。

讲逻辑的人永不会理解醉鬼的激情。

警觉的人不会理解一颗无意识的心。

醒来时看见恋人们酩酊大醉相聚狂欢的国王

　　将从此不理睬他的王国。

今天你的美丽里有别样的温柔。

今天谵妄的恋人做什么都对。

我跳的舞比这些花园里的任何树都要多。

我是幸运之树。

晨风在我头上吹拂。

虽然有人坚持认为影与树是分开的

　　但我们在你的太阳之影里旋转。

我们，来自天堂，正在上升。

我们，来自海洋，正在沉入水里。

我们不是来自这里。

我们不是来自那里。

我们不是来自任何地方。

我们不去任何地方。

我们是灵魂风暴中的努哈[1]方舟。

我们旅行而没有手。

我们旅行而没有脚。

像波浪，我们从内部涌出。

我们在内部爆炸。

---

1 即《圣经》中的挪亚。

这里是我。

那里是世界的悲伤和欢乐。

这里是我。

那里是对大雨和阴沟的担忧。

为什么我不回到我原来的世界？

这里是我的心。

那里是对尘土的探索。

你们，鸟儿啊，有翅膀并飞向天空。

这里是你们。

那里是屋顶和上升。

进入酒馆并把背后的门关上。

这里是你们。

那里是好人和坏人。

谈论新事物并使这两个世界焕然一新。

把它们从所有限制里解放出来。

让尘土的黑暗降落在那些不被你的呼吸唤醒，

　　不被变得色彩缤纷和变得充满音乐的人身上。

把秘密保守在内部。

沉默！

沉默是痛苦的，但幸福将使痛苦黯然无光。

恋人啊！

逻辑在这里。

藏起你自己。

唉！唉！

逻辑和意识是好大的负担。

不光彩的是我们。

喝醉的是我们。

我全都试过了。

我就最喜欢你。

当你使我遭受痛苦，你就是把我从痛苦中解救出来。

那些在路上迷失的人将会用逻辑把路找回来。

一旦逻辑迷失了，谁来协助？

幸福的是那金子被偷了的人。

幸福的是跟妻子离婚的人。

睡眠包裹意识。

疯狂的人没有睡眠可言。

他们对黑夜一无所知。

在疯狂的宗教里没有白天和黑夜。

只有疯狂的人知道他们有什么。

哪怕闭上眼睛他们也会看到一切，

　　他们用灵魂阅读永恒的天牌 [1]。

1　"天牌——真理奥义记在上面"，见《玛斯纳斯》第三卷。又
译"法版"。

离别。

天地流泪。

这颗心坐在血中。

逻辑和灵魂流泪。

唉！

关于这种悲伤我不多说。

我无法解释这些眼泪。

取代眼泪的，是一个葫芦。

每一刻都充满血。

每一刻都充满眼泪。

哎呀！哎呀！

哎呀！哎呀！

就连怀疑的眼睛也为流泪的眼睛流泪。

不合产生于不和，胜利产生于团结。

自负，你和你心爱之人都是。

离婚诞生于此。

这是心爱之人，不是一块木头。

别砍她。

否则你将听见破裂声。

可怜他没有金子，不知道金矿。

那些不知道我们的人，做无效的祈祷。

灵魂从漫长的旅途归来，
　　抵达你门前的尘埃。
它没带上你离开，希望解决很多事情，
　　归来时满身烧伤，没做成任何事情。

我似乎睡着却又醒着，醒着。
虽然没意识，却意识到你。

世界的每个声音我都听出沉闷的回荡，
　　除了爱的声音。

愿我们有远大梦想。

愿我们的葫芦盛满水。

愿风为我们吹，水为我们流。

愿爱指挥我们。

绝世美人是我们的女王。

无时不在的爱属于我们。

好运气的灵魂是我们的同伴。

愿好运气与我们同在。

狂野又幸福的是我们。

我们吸引人们，像磁铁。

愿我们诱人的灵魂诱来秘密。

心爱之人把你赶出去。

小心！

别感到失望。

如果今天她把你赶出去，明天她会邀请你进来。

如果她把你关在门外，别走。

你就等着，而她会用一个宝座奖赏你的耐性。

即便她封闭了你周围所有道路，

　　她也会为你指点没人知道的隐秘小径。

小心！

愿你的头充满幸福，

　　你的双唇永远微笑。

小心！

愿爱的心快快乐乐和你在一起。

愿那看见你却又不欢欣的悲伤崇拜者

　　感到羞愧、可怜、被抛弃。

对那能使你自由的人发怒。

你很可能在毁灭中发现珠宝。

你，解毒丸。
世界是毒药。
你，诱饵。
人生是陷阱。
所有人都渴望但只有你满足。
我的人生不满足。

我又站了起来。

我向你发誓，我就在这样的状态里。

我将解除你加在我身上的无论什么限制。

我向你发誓，我疯了，

　　成了活捉魔鬼的人。

我懂得飞鸟的语言。

我向你发誓，我是苏莱曼[1]。

我不寻求凡人的生命。

你是我宝贵的生命。

我不寻求忧伤的灵魂。

我向你发誓，你是我的灵魂。

升高而没有你，就像一团忧伤的乌云。

在花园里而没有你，就像在牢狱里。

我向你发誓。

1　即《圣经》中的所罗门。

太阳啊，使这座房子再度充满光吧！

使朋友快乐，敌人变瞎。

从山后升起。

把顽石变成宝石。

使没成熟的葡萄成熟。

太阳啊，使花园再度嫩绿吧！

使沙漠和农田充满美人。

爱的医生啊！

天空的灯笼啊！

帮助恋人们，为苦恼者找到药方。

如果我的心忧伤，那是因为我向往你的快乐。

如果我的手慷慨，那是因为你的富裕。

我感到的忧伤没有害处。

哪怕有，也无所谓。

口渴的人满足于任何来自水的东西。

花园的美是来自折断树枝的晨风吗？

藏红花给郁金香讲苹果的故事，半红半黄。

恋人与心爱之人离别时，半是高兴半是痛苦。

我的诗像埃及面包，

　　过了一夜就不能吃。

趁新鲜吃吧，在落满尘埃之前。

我内心的平静，遭你的爱践踏。

你的爱把我从皮肉中解放出来。

垂下你的头，离开这一切。

挺拔的柏树是短臂者够不着的。

燃烧的爱抵达，摧毁一切，除了心爱之人。

快乐地坐下并发出幸福的微笑吧，当一切燃烧。

我活着就为了服侍她。

没有她，活着干吗？

天空因为我的呼声和祈祷而流泪。

没有命运帮你，祈祷有什么用？

心啊！

你还要吹嘘忠诚多久？

加入忠诚的海洋吧。

你的忠诚今天有什么用？

你，心里没有爱，值得睡一觉。

离开我们。

我们值得她的忧伤和爱。

去睡吧！

我们在她的忧伤的阳光下变成碎片。

这样灼热的欲望从未在你心中升起。

去睡吧！

寻求和她结合就如同流水。

你不在乎她在哪里。

去睡吧！

爱的道路在七十二国之外找到。

你对欺骗和虚伪是如此坚信。

去睡吧！

无私。

你看见一千个赐福。

自私。

你看见一千个麻烦。

铿锵的剑不能确保一路平安。

拒绝地位、荣誉和骄傲。

真正的恋人只听从一个意志。

爱上美人的，皆难免忧伤。
不能治愈的，皆难免痛苦。

兄弟啊，让那卖无花果的卖他的无花果！
我们对生意不感兴趣。
灵魂的斟酒人啊！
酒杯在哪里？

如果你在心里和灵魂里恋爱，

　　请接受来自心爱之人的残忍。

如果你戏弄被荆棘丛困扰的人，你就不是真正的恋人。

要吸引心爱之人，宝石就必须发光。

清除灵魂里的所有杂质。

把它们绞死。

"你会输。"

那就输吧。

"你不信真主。"

对。

"你是狐狸，不是狮子。"

就算是一条死狗吧。

"你不知道心。"

那就告诉我吧。

我不会离开这座闪亮的屋子

　　也不会离开这座有福的城市。

我、心爱之人和恋爱，这就是我余生的一切。

爱与说话和幻觉无关。

灵魂与名字和形式无关。

相爱者听从心爱之人的球棒指挥。

球无手无脚，球棒让它朝哪个方向去

　　它就朝哪个方向去。

球没有感觉。

窗口决定让多少月光探入屋子里。

我心爱之人啊！

每个人都与他的灵魂伴侣在一起。

每个人都与他应得的心爱之人在一起。

那些为你而心怀忧伤的人是多余的。

被你捕猎的人都是不被所有其他人捕猎的人。

一条与所有其他树枝脱离关系的树枝。

如果你寻求与她结合，那就弃绝所有其他人。

什么可以使我的灵魂安静下来？

心爱之人啊，与你结合！

什么可以治疗我的病？

与你结合。

通过结合，一块砖变成一座宫殿。

通过结合，一条线变成一件衣服。

对恋人来说，越沉默越好。

对海洋来说，越喧嚣越好。

风车永远不知道它的翼板为什么老是旋转。

起来跳舞！

我们全都鼓掌。

我们男人，摆脱了女人。

在美人中间我盛开如花。

在那些只相信过去的人中间我颓废如秋天。

逻辑带来意识。

我，拒绝这类事情。

我鄙视逻辑。

它使我枯萎。

今天很冷。

你渴求我们。

你幸福的心要探险。

不要把幸福延迟到明天。

平静就在此时此刻。

你的脸像太阳。

把你的阴影扩展到我们身上。

灵魂和世界啊！

为什么你们逃离？

国王们的荣耀啊！

为什么你逃离？

你们离去如箭，然后重返我们。

为什么你躲避弓？

你拥有一千种珍宝。

为什么你逃离那些如此柔声细语的人？

沉默！

舌头除了伤害便什么也没有。

为什么逃向伤害？

逃离那不在恋爱中的人。

一切结局中最糟糕的是没有爱的结局。

赋予贝壳生命的，是里面的珍珠。

当嫩绿的树枝渐渐枯萎，

　　树叶也越来越害怕变得易碎。

如果一个恋人错过了爱的商队，

　　他会找黑孜尔[1]做他一路上的向导。

今天我的感觉，难以区分

　　毛驴和它的负重。

今天我的感觉，难以区分

　　花和它的荆棘。

今天心爱之人使我震惊。

我无法区分我自己和她。

1　《古兰经》中的人物，传说因发现生命之泉而长生不老。据称
为安拉的一个仆人。穆萨（摩西）曾请求他传授"所学得的正道"。

如果你在追捕猎物，被追捕的是你。

我脸上全是痛苦。

内心全是宝藏。

绝世美人愤怒地出现。

让我牺牲甜蜜的生命，抚慰那苦涩。

"别这么斜看事物。"我对我的歪眼说。

谁能相信一朵微笑的花竟会这样苦涩？

在宫殿里国王微笑，但在法庭里满脸愤怒。

去吧！

走向绝世美人。

去吧！

走向一切灵魂的太阳。

去吧！

步履蹒跚的商队就要离开。

你们啊，游手好闲者，快些！

去吧！

抛下床、家、亲属。

马和驴。

鞍和驮鞍。

去吧！

心爱之人啊!

对你和我来说,"心爱之人"这说法毫无意义。

心爱之人啊!

当我谈到我那"心爱之人",这话听起来多荒谬!

任何发自我的叹息都得返回它的原处。

我闭上嘴巴。

我不叹息。

当月亮出来就会有叹息和眼泪。

美丽的满月啊!

更幸福的是沉思你。

我们，爱的太阳的一颗粒子。

爱啊，起来吧，好让我们也起来！

在山谷中搜索我们。

我们，最微小的粒子。

别用颜色欺骗我们。

爱的匕首使我们的脸变黄。

发出一千个欢呼：

向痛苦！

其余的留给我们。

我们，痛苦的同伴。

一条知道海洋的鱼永不会在尘土中活下来。

一个真正的恋人不会待在被颜色和气味包围的地方。

在空虚中，东和西有什么意义呢？

没有爱的人生根本就不是人生。

我变得无私，然而向往更无私。

我，渴望迷醉如你的眼睛。

我不寻求宝座或王冠。

我渴望屈服并侍候你。

我甜蜜的心爱之人把双手环绕在我喉咙上。

"你想要什么？"她问。

"就要这个。"我告诉她。

我走了什么路，怎会来到这里？

我想回去。

这里一切都还没有准备就绪。

恋人们相信，不可在心爱之人的庄园外
　　度过哪怕一刻钟。

无家可归的心啊，滚开！

坐到那边去，一个更好的地点。

剩下的只是形式和颜色。

剩下的只是战争、耻辱、名誉。

灵魂啊！

贪色和欲望增强你那黏土和水的肉体。

挑战在于抛下欲望，如此则所有问题都将解决。

任何延误都将导致一百种不同的疾病。

你，一切疾病的起因，脱离自己吧。

做个承诺并信守它。

否则疾病会赖着不走。

没有药方。

逐渐习惯这种生活方式吧，你将发现

　　你自己内部有一千种宝藏

　　滋养你的灵魂。

"把梯子给我,"我说,"我就可以登天。"

"你的头就是梯子,"她说,

"把你的双脚踩在它上面。

当你把双脚踩在头上,你就可以在群星中穿行。

当你捣碎所有欲望,你便能在天空中穿行。

来吧!

天空中有一百条道路向你展现。

你每天早上都将飞行,像早祷者。"

我是谁?

我是谁?

充满诱惑。

有时候他们把我拉向这边,有时候那边。

我像一把弓,被我的耳朵拉着。

即便我把命运拒之门外,

　　它也会从屋顶爬进来。

一口呼吸像燃烧的火,另一口像强大的洪水。

我从哪里来?

从哪个季节?

我能在集市上被卖掉吗?

像优素福[1]那样接受指控

　　并像罪犯才会的那样体验监狱。

逻辑坐在法庭的宝座上，

　　疯狂坐在监狱的深处。

监狱和指控留给恋人，

　　宝座和讲坛留给智者。

空气中充满花园的芬芳。

还有心爱之人的芬芳。

忠诚一次你将得益一千次。

这个值得那个。

1　即《圣经》中的约瑟。

兄弟啊！

恋爱需要痛苦。

痛苦在哪里？

诚实和可信需要男子汉。

男子汉在哪里？

把生命献给爱很容易。

那将是多么地美妙啊！

我们一起，没有你和我。

月亮是生命的尺度。

有时候盈，有时候亏。

见到透过窗子爬进来的光，我很不高兴。

撕破从屋顶上垂下的面纱。

把秘密说出来。

这边是烤肉串和酒，那边是烟雾。

这边是一棵被荆棘覆盖的树，

　　那边是心爱之人。

讲逻辑的人不费力就在事物中找到乐趣。

对恋人来说，费力是荣誉。

爱是芳香的。

它不能藏着，它的力量不能掩饰。

年轻人啊！

挺起你的胸膛，把它当作靶。

站在心爱之人面前，她弓箭在手。

年轻人啊！

爱不适合娇惯者。

爱适合战士。

看看我的生命，但别告诉任何人
　　它正在失控。

我只有你。

让我和你在一起。

递给我杯子，让我止渴。

你绝不会缺酒。

我不配快乐。

别向我掩饰忧伤。

你的忧伤是我永久的同伴。

在我眼前现身吧。

你，比我还我的人。

我关掉月亮。

你甚至更明朗。

进入花园拥抱树木。

你比一百个花园还美丽。

柏树被你的身高吓坏了。

百合必须保持安静。

你是百合。

灵魂之烛啊！

在温柔时刻你比蜡还软。

在调情时刻你比铁还硬。

我生于一个幸运的母亲和慷慨的父亲之家。

我是一个快乐的小孩，如同我所有的先辈。

我遇见的任何狼都转变成英俊的优素福。

我遇见的任何水都转变成花园。

最嫉妒的铁石心肠者

　　在我面前也转变成最慷慨的人。

如果你醉了，那就加入我们吧。

我们是醉鬼，拒绝赞美拒绝跟任何人调情。

那里是醉鬼，这里是思想和逻辑。

我们要么坐在宝座上要么当个看门人。

谁意识到宝座谁就会成为看门人。

我们，没意识到灵魂，所以坐在心爱之人身边。

只有她口里的糖可以中断你的禁食。

你有福了。

你品尝来自她口里的糖。

在斋月的最后一天糖写在她唇上。

你有福了。

无限的酒。

你是世界灵魂的灵魂。

你的名字是爱。

充满你的人达到最高。

沉默！

嘴巴被爱情甜蜜了的人不应该说什么。

你需要心爱之人的帮助？

那就让她快乐。

你想做生意？

那就让顾客高兴。

在秘密的帷幕背后我自得其乐。

有时候打猎。

有时候坐牢。

有时候调情。

有时候贪婪。

睡眠者啊！

在回忆心爱之人中醒来。

萨纳依[1]啊！

如果你找不到心爱之人，那就做你自己的同伴。

兄弟啊！

日夜酒醉和无私是所有可能中

　　最幸福的。

我是一个勤劳的工人。

没有像我这样的鹰隼。

我不向任何人表达需要和贪婪。

1　萨纳依（1080—1131），波斯诗人。

牢牢抓住任何给你温暖的爱。

除了她没人能帮你。

把整个黑夜直到早晨都用来回忆爱，

　　黑夜也就不再那么黑了。

红酒的斟酒人啊！

幸福歌词的乐师啊！

拥有一万八千个世界又怎样，如果没有心爱之人。

我出于恐惧和希望而穿上一件道袍。

拿酒来，让我从恐惧和希望中解脱。

把我那只烧穿逻辑的杯子取来。

很多恐惧和希望的想法飞过我的脑海。

给我金子，带来至福。

恐惧和希望使我的脸变黄。

那个不用酒就能灌醉我的灵魂的人在哪里？

那个能使我的灵魂和心疯狂的人在哪里？

那个我只对其发誓的人在哪里？

那个使我违背诺言的人在哪里？

那个使众多灵魂每天凌晨为其流泪的人在哪里？

那个用其忧伤把我们连根拔起的人在哪里？

难怪灵魂中的灵魂如此坐立不安，

　　在我们里面寻找一杯酒。

我已放弃欲望，但这颗痛苦的心做不到。

每个人都离开和重新安顿好了，但这个灵魂做不到，

　　哪怕一刻也不能。

每个人都精通点什么，然后转身离去，

　　但那真正精通的，永远在寻找。

如此日夜专心地服侍你是幸福的。

你甜蜜的家里那甜蜜歌唱的鸟儿是幸福的。

夜间的沉睡窃取了我们的思想。

那些看见明亮太阳的面孔的人是幸福的。

你的脚如同偶像崇拜者的脚，深陷在泥沼里。

你不知道在庇护的天空下走着，是可以多么地幸福。

我不是我。

你不是你。

你不是我。

我是我。

你是你。

美丽的心爱之人啊，今天我这种感觉意味着

　我不知道我是你还是你是我。

当你寻找宝石你就是宝石。

当你渴望面包你就是面包。

知道这个秘密很好：

你就是你寻找的。

认识一个可以爱的人，那就恋爱。

找到一个忠诚的人，那就忠诚。

"我逃出悲伤。"你宣称。

"我很快乐。"你说。

让你的灵魂快乐。

躲开即便是这样一些宣称。

沉默！

没有故事。

一个姿态就是我们需要的一切。

在全部六个方位里我们都被爱丰富。

然而偏离这六个方位还要更幸福。

用沉默说话，敌人就不能宣称

你的话是从书里偷来的。

我告诉过你，别跟忧伤的同伴坐在一起。

只坐在甜蜜的美人身边。

进入花园，但别靠近荆棘。

哪里也别坐，除了跟鲜花一起。

在通往结合的道路上，祈祷和罪过之间没有差别。

在小酒馆里托钵僧与国王之间没有差别。

对一张无赖脸来说，光明与黑暗之间没有差别。

在空中城堡顶上，太阳与月亮之间没有差别。

这座美丽的花园多么没必要!

我们有你的脸。

这些酒多么没必要!

我们有你的眼睛。

我们已经押出我们的房子。

我们住在你的庄园里。

我们毁掉我们的店铺,无事可做。

敢爱可以导致荣誉或耻辱。

我们鄙视荣誉,宁要耻辱。

爱的教训不应被忘记。

我们免去辩论、争执、重复。

你的脸像一朵花，你的头发像一棵黄杨。

当我的灵魂为你忧伤，就会快乐。

不是从你的忧伤赚来的财富都是尘土。

什么都渴望但不渴望你，是无意义的。

你脚下的尘土为所有国王加冕。

任何爱上你的人都像法尔哈德爱上西琳[1]。

我的心请求你别说话。

现在不是制造噪音的时候。

我看见镜中凡人的想象。

"你是什么?"我问。

"我是生命的锈菌。"对方回答。

在永生中你看见活人。

所有其他人都在错失生命的机会。

和谐的人是生命的赢家。

无赖总是打架。

1 　法尔哈德和西琳是波斯诗人内扎米（1141—1209）的长诗《霍斯鲁与西琳》中的恋人。

爱啊，你温柔、美丽地出现。

你揪住灵魂的裙子，

　　把灵魂拉向心爱之人。

虽然到处是强盗，你确保灵魂的安全。

你把那些偷走了心的财富的人送上绞刑架。

你向那些被排斥在生活之外的人，

　　向那些背负荆棘的人展示花园。

你向那些假装是鲜花但其实是荆棘的人

　　展示荆棘。

你对我如此残忍。

没有任何心爱之人用这种方式对待她的恋人。

"我是无辜的，但你仍然要使我流血吗?"

"没错!"她回答。

你们都是一体的。
别寻求双重性。
忠诚忌讳不忠诚。

朋友们啊!
朋友们啊,不要寻求离别!
搁下你想逃走的欲望。

爱的完美在结合中达致。
来吧!

现世的人都是蜘蛛。

他们只捕猎昆虫。

沉默！

别对来自尘土的鸟儿讲述海洋的故事。

感谢真主。

我们被燃烧。

我们学会如何燃烧。

她这样走向我是因为她像那样。

我这样欢迎她是因为我不像那样。

他们告诉我，阅读《古兰经》的心

　　就能抚慰爱的痛苦。

我的灵魂触摸我的唇，那阅读有什么用？

在某些方面你已达致完美。

只沿着路上的那些方向走。

愧疚者放弃这类事情。

如此完美的鸟儿在尘土里就很悲惨，

　　在海洋里就蒙羞和湿透。

博取欢心和恋爱是我们的秘密。

我们的工作是真正的工作。

她是我们的心爱之人。

小装饰品商人的时代已经过去。

我们卖新东西。

这是我们的集市。

我们避开自己和亲戚。

曾经是我们的亲戚的人，如今都是陌生人。

自私是一种不吉利的状态。

它把信仰变成否认。

我们的工作是恋爱和不忠。

我们的工作是真正的工作。

她是我们的心爱之人。

我们打算使我们的亲戚流血。

曾经是我们的亲戚的人，如今是陌生人。

如果逻辑统治这片国土，

　　我们会把它像盗贼一样绞死。

自私和无私不能同时共存。

每一朵从自私生长出来的花都是荆棘。

穆斯林啊！

穆斯林啊，我有一个当强盗的心爱之人，她单身匹马
    粉碎一队队狮子大军！

她碰一下弓，天空的心就会颤抖。

月亮和金星撞向地球。

人们知道她是爱，但我知道她是
    我的灵魂的折磨。

痛苦和一种甜蜜的折磨。

没有它，我便寝食难安。

开这个锁，需要一把来自巨大恩典的钥匙。

爱情和羞耻。

对立。

你不知道你自己的价值。

你要求把一根羽毛当作你的价值。

别贱卖自己。

我，所有美人的奴隶，甚至那些侮辱我的美人。

我绝不会与丑陋者坐在一起，哪怕她们对我很好。

一切至福的事物都是永远禁止的。

普通人没有借口。

酒、音乐、美人、舞蹈。

对特殊者是合法物，对普通人是违禁品。

无瑕的心啊!

你向谁寻求公正?

爱能杀人。

恋人们的公正超出灵魂的范围。

不值得多想。

在与你结合的渴望中石头也为之碎裂。

灵魂在想念你时充满激情地飞升。

火变成水。

逻辑醉醺醺。

我的双眼变成睡眠的敌人。

不要阻挠旅行者。

不要让微笑变成蹙眉。

不要对你的奴隶残忍。

你,如此不可替代。

爱又一次包围我的门和墙。

我那复仇的骆驼又一次撕裂它的笼头。

爱的狮子又一次用凶残的爪子袭击。

我不干净的心又一次渴求热血。

月亮又一次圆了。

疯狂，尽管我对事物有深刻的理解。

我的宗教是在迷失中迷失。

我的仪式是在存在中不存在。

我在心爱之人的庄园里漫步，

　　骑着世界像骑着一匹马。

在一呼吸间我弃绝一百个世界。

这是我生命的第一步。

谁可以成为这朝向灵魂的飞跃？

我们已失去对自己的控制。

这双冰冷的手是谁的？

太阳滚动如金球。

谁的球棒击中它？

太阳啊，强盗没有拦你的路！

即使他拦你，他也知道这是你的路。

把你的手放在任何抵达时没有脑袋的人的脑袋上。

用匕首捅任何抵达时有脑袋的人。

着火的灵魂因你的爱而燃烧。

把它放进这神圣的湖里以保持它的活力。

你这样的双唇！

把世界灌醉，使它幸福。

进入一颗心，你就会像真主。

你显露西奈山燃烧的灌木丛。

你走到哪里都像酒。

你的美诱发两千次动荡和叛乱。

起来！

我们周围是世界。

灵魂和青春。

太阳上升。

看那光！

造物可以从四面八方找到造物主的迹象。

恋爱中的恋人无法满足于这样的迹象。

那恋人，绝对肯定不是穆斯林。

在爱的宗教里没有信仰或亵渎。

恋人们在一个呼吸之间失去两个世界。

在一个瞬间失去一百年寿命。

大多数人紧跟的方向应该回避。

心碎的恋人们坐在心的宝座上。

不要让别人的嫉妒和虚荣惹恼你。

让你自己的来惹恼你。

好人好事被记取。

生活阻止不了好人做好事。

当你是某个人的同伴，你就永不得安宁。

我会使你一团糟。

我拥有你。

除非你蒙羞，否则秘密将继续保守。

除了蒙羞的恋人，谁也不会喝那只杯里的酒。

从出生以来我就是一个全心全意的奴隶。

我在你身上找到心和灵魂。

我把我的心和灵魂献给你。

我不撕也不缝，不造也不烧。

我不是昼夜的囚徒。

我不是在衰落。

当你增强我，那便是一个至福的日子。

如果你燃烧我，我将变成香。

我因你而哭泣。

我因你而微笑。

我因你而忧伤。

我因你而快乐。

取酒来。

我渴求酒。

真主指责我。

我受折磨。

取一杯太阳嫉妒的酒来。

我向爱发誓，我背弃一切，除了爱。

我每天早上醒来，对那些有眼无珠的人视若无睹。

对他们来说既没有日出也没有日落。

人们拍打地毯

并不是为了惩罚。

他们是在清洁它。

木匠雕刻一块木

并不是要劈开它。

他有理由。

一块皮革被擦拭了一千次。

抹去肮脏。

皮革本身并不知道。

寻求心爱之人是一种宗教义务。

恋人们像水一样流向她。

她是寻求者，我们是影子。

我们所有的话都是她的。

心爱之人像一条河。

有时候我们在至福中，流动着。

有时候我们困在她的壶里。

我们，和心爱之人坐在一起。

心爱之人啊！

哪里是心爱之人？

我们在她的庄园里哀号如醉鬼。

我死了。

你在审判日吹起号角。

你是春天的灵魂。

我是柏树和百合。

我讲半个故事，你讲剩下的。

你是逻辑的逻辑的逻辑。

我是蠢货。

我画一张脸。

你赋予它生命。

你，灵魂的灵魂的灵魂。

我，肉体。

虽然我和亲戚们在一起，

　　但是当你在远方我总是坐立不安。

真主啊！

别让任何人陷入这样的焦虑。

我可以用什么来绑住你的双脚，阻止你逃脱？

你是这样一个不忠诚的灵魂，

像我们心爱之人那样逃走。

我的心是一个汹涌的海洋，邀请所有的潜水者。

我的话是珍珠。

大多数人不配拥有它们。

我封闭我的心灵，让自己沉默。

我充满忧伤和痛苦。

真主啊，我着火了！

请赐予我耐性。

隐藏我的恶行。

早晨来了。

是明亮的时候了。

对那些一夜不眠的人来说现在是离别的时候了。

每一个人都需要言语。

我是那个知道沉默的人的奴隶。

逻辑啊，你是铜，被爱情转化成黄金！

月亮。
黑夜。
心爱之人。
酒杯。

唉！
你向往另一个人。

别逃避火。
你将被煮。

我们想要。

别人也是。

命运会决定谁能得到。

心胸狭窄的人得不到邀请。

花园是为了恋人们而装饰的。

诗人赞美国王。

如果他意识到自己，国王会赞美诗人。

沉默！

诗歌留存，但它的意义消失。

如果不是这样，

　　世界将充满意义。

一个医生看见一个盲人

　　便给他治病的药膏。

"涂了它，你的眼睛就会完好。"他说。

"如果你可以看见我看见的，"盲人说，

　　"你就会抠掉你的眼珠，让自己变成盲人。"

这世界上好坏并存。

兄弟啊，我们不好也不坏！

我们的存在中有一百个版本的"我"和"我们"。

事物变化，而那个存在消散。

我们成了一百种不同的人。

不告别自私，抵达是不可能的。

我们脱离自己，便抵达了。

心爱之人啊!

我们的职责是祈祷。

别用祈祷欺骗我们。

"接受神圣审判。"你说。

别用神圣审判欺骗我们。

沉默!

我们什么也不要,只渴求你。

别用礼物欺骗我们。

忧伤没有吞噬我。

我走向心爱之人，走向天堂和花园，

　　对离别的秋天感到不满。

我走向永恒的花园和长久的柏树。

一条鱼不能避开水。

我流动如水。

我在祈祷中。

我走向那条河。

爱的忧伤最终会强力占据我。

倒不如我按自己的意志走向心爱之人。

去年我喝酒。

今年我醉了，累垮了。

别问起我的痛苦。

只要看看我的脸色

就可以回答任何问题。

我的灵魂醉了，我的身体累垮了。

醉鬼坐在一座摇摇欲坠的屋子里。

你不像我。

我不像你。

你将不会是我。

我将不会是你。

你决定我是什么。

你在我的血液里。

哪怕我变成月亮和太阳，

　　与你相比我依然什么也不是。

爱在有这个世界之前就已经诞生并将永存。

爱的追求者数不胜数。

沉默！

我变得沉默。

我找到宁静。

听我说。

变得沉默你就找到宁静。

爱只是发生。

不能学。

一个纯粹的无赖避开无知。

如果你对我忠诚我就是幸福的人。

如果你对我残忍我就是幸福的人。

让我去哪里都有你同行，

    不管你是忠诚还是残忍。

进入心的花园

    变得芬芳如花。

你长得像天使一样美

    飞翔在天空里。

你燃烧如油的时候变成了光。

当忧伤使你比一绺发丝还稀薄时

    你就变得比任何人都幸福。

真主啊，给她一个残忍的恋人吧！

一个调起情来无人能比的恋人。

一个愤怒的恋人，流血，

　　深谙我们的黑夜。

给她爱的忧伤。

给她爱。

给她难受。

这世界有六个方向。

你在任何一个方向里都找不到任何有价值的东西。

偏离所有这些方向，弃绝全部六个方向。

羚羊就在这个陷阱里。

为什么搜索沙漠？

你在家里丢失宝石，为什么在这些废墟里寻找它？

每天你都在这座屋子里找到一个新房间。

灵魂啊，你不只是一样东西！

寻找吧，你将发现你是一百。

斟酒人啊，你来得真不是时候！

像一个男子汉那样进来，把五杯酒倒在一杯里喝掉。

斟酒人啊，你在天上了！

粉碎你所看到的下面的一切，在废墟中寻找珍宝。

斟酒人啊，别责怪我，如果一只杯打破了

　　或节日带来混乱！

我恋爱了。

斟酒人啊，你无所不知！

我恋爱了。

对我来说再也没有别的了。

我内心没有欺骗。

我宁愿贫困。

我弃绝贪婪，我是一朵充满雨的云。

让这个宝石似的世界被拿来献给我。

我把生命雨点般落在土地的焦渴上。

我过着美妙的生活，藏在一朵花的拳头里。

我像每个黑夜里的白天，每个秋天里的春天。

和黑夜的鸟儿在一起，我就是黑夜。

和我自己在一起，我就摆脱了两者。

我遇见你就糊涂了。

我，像你梦中的一个梦。

你，如此慈悲，抚慰我的心，给我带来爱。

通过你的呼吸，我建立了我的存在和心智。

我是你的词语和表达。

有时候我是国王有时候我是奴隶。

现在我两者都不是。

你使我迷惑。

月亮照耀。

狗狂吠。

不是月亮的错。

狗就是这样狂吠。

这条道路上两个世界中任何一个的废墟都像宫殿。

在这条爱的道路上弃绝一切利益就是得益。

"别向这些女人请教。"先知教导。

自我假装虔诚，却像个女人。

今夜一切都惴惴不安。

别把鞍从马背卸下来。

在蕾莉的黑夜里闲逛。

你，马杰农，别放弃。[1]

停止你的祈祷！

你祈祷太多了。

贴紧你的耳朵，听那阿门。

被你砍头的人变成大头。

其农场被你烧毁的人获得更大的农场。

其头被你劈开的人声名在空中远播。

被你抛弃在暗井里的人找到一个光明世界。

1　蕾莉和马杰农是波斯诗人内扎米（1141—1209）的长诗《蕾莉
与马杰农》中的恋人。

每个时辰空中都传来神奇的声音，

　　只被那些充满激情和爱的人听到。

当太阳从黑暗水域里出现

　　你可以听见每一颗粒子：

"除了安拉没有任何真主。"

如果你寻找灵魂你就是灵魂。

别谈论人家的秘密。

注意那知道隐藏的秘密的人。

在祈祷前泪流满面。

在需要时祈祷。

能与心爱之人和平共处的人

 永远会有一个心爱之人。

能与顾客和平共处的人

 永远会有钱。

变换节奏。

弹奏新音乐。

从天上听来的新鲜的歌。

除非智慧产生新秘密

　　否则心智和耳朵不会苏醒。

昨晚你和我怎样在酒醉中大吼大叫啊！

我们在一起是这样快乐。

灵魂啊！

为了昨晚甜蜜的结合，现在别对我发怒。

要是他们说我坏话，让我听见。

心爱之人啊，请不要控诉！

想个办法治疗我们的痛苦。

心爱之人啊，别离开我们！

使我们离开折磨和忧伤吧。

在忧伤中寻找快乐。

在这个不忠诚的世界里保持忠诚。

来吧，让我们一起创造和平。

如果快乐减少了，就与忧伤和平共处。

如果阿丹[1]的每个孩子都不见了，也不要担心。

我们将和阿丹和平共处。

即便阿丹抛弃我们

　　我发誓我们没有他也可以达致和平。

如果火变成海洋，我们就喝它。

如果受了伤，我们会治好它。

1　即《圣经》中的亚当。

有一件事你应该知道，就是有两件事

　　在两个世界都是不可能的：

逃避真主的爱和从空无里得到什么。

你的心在昏沉的胸膛里将找不到快乐。

你的胸膛要么是牢狱要么是旷野。

你应当知道。

在母亲的子宫里婴儿快乐地喝血。

那血，胜过酒。

那子宫，胜过花园。

当我在我心爱之人面前卑躬屈膝，我的灵魂找到快乐。

我的灵魂在我面前卑躬屈膝。

要是我在服侍心爱之人的时候犯了错误，

　　灵魂就会变成我杯子的敌人。

心惩罚我。

每天早上我祈求我的灵魂会在我心爱之人的脚下

　　变成尘土。

我听见我灵魂里一声阿门的呼喊。

我们只有在黑夜抵达时才开始叫喊。

没人听到我们制造的无声的喧闹。

我们保守我们忠诚的秘密，如同把盖子盖在锅上。

没人闻到它的香味。

恋人的宗教告诉我们，通过你来看世界
　　而不是实际看到你，是不公平的。

在心爱之人的道路上是越来越幸福的
　　绝对贫穷。

我们清醒时忧虑一切事情。
喝醉时就没那么忧虑了。

注视我这张黄脸，什么也别说。

注视这无边的痛苦并且看在真主的份上什么也别说。

损失啊！损失啊！

损失啊！损失啊！

在醉鬼和无私者中间保持清醒。

酗酒人啊！

当你递酒时请一次又一次粗心大意，

    如此一来清醒者或讲逻辑者便不会继续

    存在于这世界上。

心爱之人宣称如果你在恋爱中，就该疯狂。

在疯狂者的圈子里不可能讲逻辑。

新春啊，你是我们的灵魂！

使我们的灵魂鲜活。

使花园盛开，使收获怡人。

所有的花朵都安安静静。

荆棘是一个坏心眼的战士。

瓦米克啊，起来，加强你对阿兹拉所做的承诺！[1]

雷霆说话。

云团抵达。

尘土上弥漫芬芳。

花园啊，洗你的脸吧！

清新你的身体。

---

1 瓦米克和阿兹拉是波斯诗人鲁达基（859—940/941）的作品《瓦米克与阿兹拉》中的人物。

灵魂显露在每个人身上。

但我不叫她灵魂。

她是一个世界。

因为她的爱，水在尘土上流动。

她是爱的花园里一棵行走的柏树。

心对她充满激情但保持安静。

她超越表达和解释。

她出生的那一天还不存在大地和时间。

她超越大地和时间。

任何不寻求真正的爱的灵魂还不如死掉算了。

它的存在是可耻的。

在爱中醉倒吧。

爱就是任何存在的东西。

没有爱这件事

　　我们与心爱之人就没什么关系。

"什么是爱?"有人问。

告诉他们：

"弃绝自由意志。"

任何没有从自由意志中解脱出来的人就没有自由意志。

是爱和恋人保持永恒不变。

不要把你的心与任何别的东西绑在一起。

任何别的东西只是幻影。

恋人啊，睁开你的眼睛！

看那四条在你身上穿流的小溪。

它们分别是水、酒、奶、蜜。

恋人啊，沉思你自己！

不要让它们取笑你。

不要让它们一个说你这，一个说你那。

从现在开始睁大你的眼睛。

不要跟着别人的眼睛。

不要让他们一个宣称你是不信者，一个说你是笃信者。

早晨的微风啊，欢迎！

在你回到心爱之人那里时请把我的故事

　　——我的，偷来的——说给她怜悯的耳朵听。

一朵百合花可以通过一百个舌头给她说我的故事。

你，没有舌头，酷似水仙花，

　　一定要用你的眼睛说出秘密。

群树举起它们的手，如同祈祷者。

洗衣工人发怒，太阳无动于衷。

向真主发誓！

当我心爱之人进来，真是幸福啊。

向真主发誓！

当她拥抱我，真是幸福啊。

所有愤怒都源自骄傲。

清除你的骄傲。

如果你不想感到骄傲，那就躺在尘土里。

愤怒只源自骄傲，我的骄傲，我们的骄傲。

踩在两者上，像梯子，往天上爬。

灵魂啊，你这么美丽地走开了！

没有我你别离去。

恋人们的生命啊，没有我你别造访花园！

天空啊，没有我你别旋转！

月亮啊，没有我你别照耀！

大地啊，没有我你别生长！

时间啊，没有我你别前进！

她甜蜜地微笑，把世界变成天堂。

她教我像火焰那样微笑。

我诞生于非存在，微笑着进入至福。

爱教我以另一种方式微笑。

占星师啊！

如果你相信把月亮分成两半的奇迹，

　　你就应该对自己、对太阳和月亮微笑。

如果世界及其全部工作都如此毫无意义，

   为什么要埋怨报应？

话语飘过，但它们的意义继续留存。

晨风拂过，但花园依然快乐。

对风感到害怕的世界，颤抖如一片叶子。

你不知道。

风可以佩戴一把钢剑。

如果我大声痛哭，你不会听到。

抽噎在我心里猛烈地搏动。

苏菲派信徒左右抵达，到处游荡，

　　寻找酒。

酙酒人拿出酒壶。

所有恋爱中的人，跟我来！

在所有宗教中，这样的醉，这样的酒，都是允许的。

别管什么赎罪。

在这里，在这些节庆上，

　　赎罪等于犯十万个罪。

我已开始厌倦世界的集市。

你是生意人。

去集市吧。

这是我要做到死的工作。

你有自己的工作。

去做你自己的工作吧。

贫穷。

神秘主义者。

托钵僧。

清醒。

想想吧。

全是假名字。

开销而没收入只属于真主。

它不属于人间。

但有些人运气好。

此中蹊跷我希望我知道。

我不是逃避心爱之人的穷恋人。

也没有一柄使我可以在战斗中活下来的短剑。

这种运气，几十万年一遇。

如果这回我逃避，哪里去找她？

当你看见流水，那就背弃尘土。

当结合的日子抵达，那就背弃简朴。

如果你调情，那你就不是成熟的恋人。

如果你甜言巧语，那你已被驯服。

承受负担，那你就会找到美和魅力。

沉默！

与其吃蜜，不如沉默。

把话烧掉。

不表示什么。

心爱之人啊，你的面孔像月亮！

乐师啊，如此甜蜜的音乐！

你的歌声滋养灵魂。

请一直唱到黎明。

国王抵达。

国王抵达。

明月抵达。

奶和糖抵达。

请一直唱到黎明。

你的在场给这些节庆带来怎样的福气。

福气通过你的呼吸搏动。

像闪烁的烛光，请一直唱到早晨。

为尔撒[1]民族做的葡萄酒。

为穆罕默德民族做的胜利酒。

有些酒壶注满这种酒，有些注满那种。

你永远不会品尝这种酒

　　除非你打破那种酒的酒壶。

那种酒只会抹去一呼吸那么短暂的

　　心中的忧伤。

它不能消除忧伤或根除敌意。

这只杯里一滴就能使一切变成黄金。

我愿意献出生命换取这只金杯。

1　即《圣经》里的耶稣。

我是多么地无色彩和无痕迹啊!

什么时候我才能按我实际的样子看自己?

"披露我们之间的秘密。"你说。

但现在对我而言"之间"已没有意义。

我的灵魂什么时候可以变得静止?

我,静止,然而又在动。

我的海洋被自身吸引。

我是这样一个奇妙而无限的海洋。

昨晚我把离别说成残忍。

我,对生命如此愤怒。

生命似乎总是带来离别。

在我的想象中我和你一起。

带着这些形象,我躺到床上。

某个人的魅力会使我蜷缩如蛇。

我是如此错综复杂，像心爱之人那迷宫似的头发。

我向真主发誓，我对这些蜷缩一无所知。

我只知道，如果我停止蜷缩

　我就什么也不是。

真主为这个而创造我们。

我们是逻辑的仇敌。

我们是意识的宿怨。

与糊涂坐在一起，你就赢了。

与意识坐在一起，死亡就来找你。

给一株幼树浇水，它就会显得好像是你亲手栽种的。

我变得充满忧伤的那一刻，快乐便抵达了。

我被摧毁的那一刻，兴旺便抵达了。

我静止和沉默如大地的那一刻，

　　我雷霆般的吼叫便直冲云霄。

我如此贴紧你，使我变得遥远。

我如此与你融合，使我变得孤单。

我如此暴露，使我变得隐蔽。

我如此健康，使我感到有病。

拥抱我们，别承受你的负担。

向真主发誓，恋人的抚摸并不可耻。

自从你向恋人们昭示你的月亮，

　　我们便焦躁不安如天空。

我们体验你的爱的运作。

此后，我们置身于这样的惊奇中，

　　以致我们变得对我们的工作漠不关心。

我树立一个燃烧的爱的榜样。

一片火在我内部燃烧。

不管我哭不哭。

火日夜肆虐。

逻辑给我们穿上宗教的长袍。

恋人们的心把它们焚毁。

你对待奴隶的态度绝不公平。

我的脸柔嫩，你的性格也是。

你内心的秘密也一定如此。

为什么明天会死去的人今天会残忍？

为什么他要在别人身上测试他不喜欢的事情？

那个仁慈的恋人，杀人的她，在哪里？

那个霍斯鲁，我们甜蜜的西琳的霍斯鲁，在哪里？

没有她的面孔我们的节庆就失去欢乐。

她在哪里，如此充满欢乐，如此巧妙，如此仁慈？

穆萨可以用手杖在沙漠里敲开一百口泉水。

为什么不能从我们的硬石头里敲开呢？

你的脸的花园变成我的心

　　所观察的画面。

你的残忍的苦涩，已变成我的心的甜蜜。

我们不抱怨你的忧伤，尽管倾听我的心的叹息

　　是一种幸福。

自我像一条野狗。

我想驯服它，想给它的脖子系上

　　一条赎罪之链。

但一见到动物尸体

　　这样的链就会崩断。

我，大喊大叫。

"我要你闭嘴。"她说。

我，沉默。

"我要你大喊大叫。"她说。

我，滔滔不绝。

"不，"她说，"请安静。"

我，不动。

"我要你滔滔不绝。"她说。

把别的事情都忘掉。

你在做什么？

你过的是什么样的生活？

即便两个世界任何一个都是一座充满美人的庙宇，
问题依然是：

你那仁慈的心爱之人在哪里？

假如这世界发生饥荒，到处没吃的。

你啊，隐藏和彰显之物的国王！

你的粮食和储蓄在哪里？

假如世界像一根荆棘、一条蛇、一只蝎。

你啊，世界的快乐和幸福！

你的花园在哪里？

忧伤啊！

要是你变得稀薄如一缕发丝，

　　我就一点也不会在乎你。

这世界，充满甜蜜。

这里没什么是给你的。

忧伤进入那些对她完全没有了欲望的心。

悲痛出现在心爱之人没有出现的地方。

我，如此悲哀，情绪很坏。

但这不是我的过错。

我心爱之人啊！

没有你美丽的脸我又怎能体验幸福。

没有你我就是冬天。

我与不情愿的人们分享我的痛苦。

和你在一起我便是花园。

我春天的情绪啊。

没有你，我悲哀、疯狂。

我说什么都是错的。

我，如此耻于智慧。

智慧耻于从你脸上照来的光。

心啊，尽可能移开你的眼睛，避免看心爱之人！

她要么抛弃要么拥抱你。

你，和我相爱。

我使你不快乐。

听我说。

少建造，因为我会摧毁你建造的任何东西。

听我说。

如果你建造两百座房子，像蚂蚁和蜜蜂，

　　我就会让你无家可归。

听我说。

如果你是鲁格曼[1]和柏拉图，充满知识

　　和名誉，我就会把你变成愚人。

1　《古兰经》中的人物，长寿的智者，地位接近先知。

有段时间我们是上学的儿童。

有段时间我们快乐地会见朋友。

听听我们的故事的结局吧。

我们像一朵云出现。

风吹送我们。

我拼命逃走。

我的影子不离去。

即使我变得稀薄如一缕发丝，

　　那影子依然脱不开。

如果你跟着影子跑上两千年，

　　结果它还是跑在你前面。

你希望离别会使我的敌人快乐。

现在我的敌人就是快乐。

是回家的时候了。

我们是治疗世界的药物，

　　但站在你面前，依然百病缠身。

你有意识的头脑消除了所有意识。

风是把肉体当作尘埃吹走的灵魂。

风在黑夜里停止。

尘埃落定。

我外面有很多朋友。

里面是我很多同伴。

重要的是在贫困的道路上单身一人。

重要的是无论何时都做痛苦的同伴。

做一个男人意味着不拥抱结合。

重要的是在离别那一天做一个男人。

如果能够仅仅是咱们俩，

　　我就会完全得到满足。

身边没有对手我就可以吻她

　　并完全得到满足。

我暗中犯了很多罪。

我渴望有一天能和她的双唇一起犯罪

　　并完全得到满足。

把陌生人一个个摆脱掉

　　也许我就能被某个熟悉的人拥抱。

那将使我完全得到满足。

这样一个幸福的日子，当她一件件脱掉衣服

　　而我拥抱那赤裸的身体。

那将使我完全得到满足。

在这冷里雨里心爱之人甚至还要更幸福。

在你身边的心爱之人。

爱在你心灵里，心爱之人在你身边。

她纤弱、美丽、警惕、清新。

在这雪中我们吻她的双唇。

雪和糖造就一颗清新的心。

我对她的欲望扎入心里。

多么震惊！

真主啊！

你来这里，把我的秘密向所有人公开，

　　并暴露和展览那个无踪迹的国王。

昨晚一个醉梦手拿酒杯来找我。

"我不喝酒。"我说。

"喝吧，"它说，"否则后果自负。"

我解释说："我担心如果我喝了，

所有的害羞都会消失。

我会触摸你迷宫般的头发

　　而你将再次抛弃我。"

没有这焦躁不安的爱就没人会知道我。

没有"我"和"你"我俩都是你我俩都是我。

你是我的灵魂吗？

你是我的吗？

你是我吗？

灵魂知道你的黑夜，这是多么地幸运。

我是心爱之人的奴隶，她感觉不到痛苦。

讲什么是我的什么是你的，这是多么地不成熟。
对你我来说不存在"我"和"你"。

很久以来我们哭泣，而我们的离别微笑。
今天是我们的离别哭泣而我们微笑的时候了。

你在中途抛弃我们。

停下！

你在生我们的气。

停下！

你谋求自己的利益而不顾我们的损失。

但这样的行为得不到什么。

你会遭受损失。

停下！

慷慨的海洋不会减少，如果你喝一小口。

真主的恩典不会减少，如果他宽恕一个不信者。

给这颗焦躁不安的心一杯安抚它的酒。

给这个存在之壳一颗珍珠。

要么让我摆脱逻辑，要么让我听从我的直觉。

要么建一道梯子要么打开一道通往天空的门。

细看酌酒人。

忽略酒鬼。

细看优素福。

忽略你的双手。

细看自时间开始以来就存在的原本。

忽略新创造的抄本。

细看无限的花园。

忽略扎你双脚的荆棘。

要像柏树和风信子。

向天空生长。

忽略下面生长的紫罗兰。

每个方向从不知哪里冒现。

找到了那失踪者的一条线索。

回来的路消失了。

逻辑活着和呼吸，是因为那有权能的真主的缘故。

一条狗在牧羊人的看管下守护着。

当狗懂得什么属于牧羊人，

    他所有的损失都是得益。

当他把自己看成牧羊人，他所有的得益都是损失。

一根麦秆可以包含一千个农场的麦子。

仔细看我的脸。

我每次都不是同一个人。

看那甜蜜的海洋，珍珠的浪花。

如果你微笑如尔撒，你就会看见她脸上的微笑。

如果你像穆萨那样做好准备，

　　你就会登山。

你像百合，有一百个舌头。

沉默！

聆听来自紧闭嘴巴的盛开之花的消息。

它们谈论沉默的人。

你奴役我们并尊自我为王。

尊我们为王并奴役自我吧。

你把为平常人准备的沉溺

　　赋予了非常人。

今天把为非常人准备的沉溺

　　赋予了平常人吧。

有很多快乐的敌人。

你需要找一个有同情心的朋友。

跟随逻辑就会永远想家。

跟随爱情就会永远陶醉。

背弃所有人。

与他们的造物主坐在一起。

用你的双手触摸太阳的裙子。

走，自然就有路。

酙酒人！
酙酒人！
我们的日子都在意识中度过，这公平吗？

我的灵魂跟随我的心。
当它被装在人类的身躯里，它还能做什么呢？
世界的心没有你是何等空虚。
花园里的花没有你是何等无叶。

我喝醉，欢畅，快乐，全都因为你。

我对你的公平满怀期待。

如果一个怀着孩子的女人分娩了，别认为那是犯罪。

宇宙不再运动而地震停止摇撼的日子

　　会来临吗？

世界是一本书，规则隐藏其内。

要明白，你的灵魂是导言。

要快乐，要愤怒。

自己打水。

沉默！

解开驴子的锁链。

我未能抵达你。

当我搜寻你，有时候我在你家屋顶上，

  有时候我朝着沙漠走去。

灰心的陷阱对如何诱捕一只流浪的鸟儿

  一无所知。

埃及的优素福对灾难生活通往哪里

  一无所知。

我被摧毁如赛杜姆[1]，流浪如鲁特[2]。

我要知道理由，但缺乏勇气和力量。

阿塔尔在恋爱，萨纳依[3]是胜利的国王。

我既不是这个也不是那个。

我迷失了。

1　即《圣经》中的所多玛。

2　即《圣经》中的罗得。

3　阿塔尔、萨纳依均为波斯诗人。

你，只不过是一张画。

你怎会知道任何关于你如何被创造的事情？

你是一个形状、一个身体。

你怎会知道任何关于灵魂的事情？

你没听到鼓声，那你怎会明白它隐藏的秘密？

你还只是亵渎神明的新手。

你怎会知道信仰的现实？

你！

你的生命在时间外。

我度过了忠于你的一生。

仔细看这些人。

你会对他们闭上眼睛。

你折断我们的荆棘，然后折断我们的花枝。

你带走我亲密的朋友，然后带走我所有的同伴。

他们全都沉思他们周围在发生什么事情。

我沉思我头脑在想什么事情。

我的灵魂是你的灵魂。

你的灵魂是我的。

你见过一个肉体两个灵魂吗？

肉体啊！

你以为你和你一百个灵魂活在一起，

　　但它们没有一个是她。

寻找那真正的灵魂。

别吹嘘这个肉体。

我渴望那快乐的一天，当你从那条路回来，

　　光彩照人地穿过灵魂之门，

　　如同头顶上的月亮。

你是水，我是溪。

我别无所求，只求与你结合。

一条溪没有水就是死的。

你的快乐是紧要的。

它授权你比任何其他人更伟大。

向真主发誓吧！

当你自顾自你将永远不得安宁。

一无所知的人有福了。

这是我的工作。

我没有工作。

我在恋爱，对我忠诚于你毫不尴尬。

我是你的海滩的一个居民。

我住在那里。

我陶醉于嘴唇，尽管我没拥抱任何人。

我生于爱。

对我来说没有比这更愉快的身份了。

还有什么比两个世界更有价值？

爱的城市。

对我来说再也没有更好的地方了。

心爱之人啊!

你的错误是跟另一个情人走了。

你转身离开你的生命,

　　卷入另一个人的生命。

我一百次原谅你。

为你我已经尽力。

你,我最喜爱的同伴,再次离开我。

我一百次创造魔术。

我拔掉你身上的荆棘。

你不珍惜花园。

你,再一次被荆棘钩住了。

心啊!

在爱的王国里就要抛弃荣誉。

爱的第一步是羞耻。

在爱的海洋里掩盖灵魂意味着麻烦。

在爱中追求荣誉和财富就是不成熟。

恋爱时，日夜感觉很不一样。

我超越日夜。

像花一样闭上你的嘴巴。

像花一样微笑，但没有你的双唇，

    这样就没有人会知道你真正的财富。

看看我的脸，你就明白了。

贪婪是一切痛苦的原因。

说到爱，知识即是无知。

因知识渊博而备受尊崇是多么容易。

无知者属于爱。

充满知识的人对爱视若无睹。

火的职责是发怒。

蜡烛的职责是流泪。

我们的职责是忠诚和服侍。

心爱之人的职责是不忠。

灵魂啊！

你要在那块陌生土地上待多久？

为什么留在那里？

从流亡中回家吧。

你要这样烦恼多久？

我寄给你一百封信，

　　为你指明一百条路。

你要么不明白那条路

　　要么从未读过我的信。

回家吧！

在那座监狱里没人重视你。

别和铁心肠的人坐在一起。

你，宝石。

为心爱之人流泪的眼睛，有一天

　　会接到好消息，与她结合的消息。

来自迦南的叶尔孤白[1]为优素福流泪。

突然他接到尊贵的优素福的好消息！

在恋爱中，眼泪像一把梯子。

努力爬上去，就会抵达屋顶。

如果在恋爱中，那就背弃忧伤。

见证婚礼，就背弃哀悼。

成为海洋，就把船倾覆。

背弃世界。

成为世界。

1　即《圣经》中的雅各。

沉默，即便每个美人都用金墨水
　来记录你每句话。

我既没有和你在一起
　又忍受不了没有你。

爱。
半依赖，半独立。

清洗道路，因为心爱之人即将到来。

给花园通报好消息。

春天的芬芳即将到来。

让心爱之人来吧，那个心爱之人，

　　美丽如满月。

她明亮的脸散播光。

花园的辉煌即将到来。

眼睛和光即将到来。

忧伤离去。

月亮拥抱。

当你抵达我们的土地你看到我们的风俗是沉默。

当我们说话，空气就会尘土飞扬。

我心爱之人变得稍微体贴了。

昨天她似乎快乐些了。

昨天，美人们的春天啊，

    昨天她微笑而我的生命变得稍微好些了。

我的花，有一百片叶子，显得很欢喜。

我的花园变得稍微嫩绿。

园丁啊！

园丁啊，秋天来了！

秋天来了。

看那些枝叶，就知道一个痛苦的心的状态。

园丁啊，听！

听每一个方向的树都在哭泣，哀悼。

一百株无舌的树。

眼湿和唇干总有一个理由。

一张橘黄色的脸总是伴随着一颗痛苦的心。

一只自私的鸟儿没有勇气

　　进入无私的花园。

没有任何马杰农会变成蕾莉的恋人

　　除非有一百个马杰农来赢得蕾莉的欢心。

灵魂啊！

没有人可以靠自己抵达太阳。

太阳必须在沙漠上空升起。

我们崇拜太阳。

我们爬上这屋顶。

没有任何墙可以阻止太阳照耀我们。

沉默。

只听。

既不做传道师也不做歌咏者。

心啊，她意识到你!

和她坐在开花的树的阴影里吧。

别再毫无目标地在香水集市的

　　一个个摊位间流连。

直接走向那个有糖的。

并非每根甘蔗都包含糖。

并非每次下降都有上升。

并非每只眼睛都能看见。

并非每个海洋都包含珍珠。

有一颗新鲜的心，你变成一棵开花的树。

每个小时你都提供果实，你走进内心。

对我来说恋人就是在上升时从每个方向

    带来充满火的审判日的人。

我要一颗充满火的心，一颗可以烧毁地狱，

    在两百个海洋里制造混乱，

    从不逃避海洋的浪潮的心。

有一颗鲸鱼般的心，恋人就像狮子，

    欢迎战斗，不允许任何东西存在，除了它自己。

它与自己战斗。

当它转身从海洋奔向山，

    便形成了大地上的宝石湖。

灵魂啊！

如果你的手臂断了，那就去拿弓吧。

沉默！

沉默！

沉默包含数以千计的语言和词汇。

别像个乞丐那样敲每一扇门。

你，应该用长臂敲天空的门。

忧伤啊，从我心里消散吧！

心爱之人的温柔已经涌至。

心啊，离开我吧！

心爱之人来了。

我绝不会把她形容为快乐。

她超越快乐。

快乐对我来说是丢脸的。

我和她相爱。

你们，所有的面孔啊，滚开！

新面孔来了。

你们的旗帜已被拔了。

她，抵得上如此多人，已到来。

我胸里的墙和门都爆炸了。

里面太塞了。

心爱之人，无法通过门进来，
　只好爬墙。

疯狂的心离去，为了另一种比这更好的疯狂。

心和疯狂都迷失了。

如果恋人没脚，他可以用永恒的翅膀飞翔。

如果恋人没头，他还有很多别的头。

恋爱时，我把世界颠倒过来。

别在这里寻找心爱之人。

她住在别处。

今天，爱在我心中。

明天，心爱之人在我心中。

今天，我的心的心中有另一个明天。

酒藏着。

但酒香藏不了。

我绝不会拿你所施加的痛苦来换取任何治疗。

逻辑通过寻找位置来寻找一切。

忽视酒的难受。

注意酒鬼的欢乐。

我那恶作剧的心爱之人抵达。

再次，她想吵架。

这首诗无始无终，

　　但可以始终忍受你。

我们不同意这世界上的任何人。

我们不在庇护的天空下建造任何房子。

我们酗酒，宿醉，干渴。

所有其他人都疲累了。

我们还在继续。

世界是一个陷阱。

渴求是一颗种子。

别追随种子并因此掉进陷阱。

别渴求太阳和月亮。

要纯粹。

只渴求心爱之人。

生命变得明亮、黑暗、温暖、寒冷。

在生命的本源建造你的家。

谁在敲我的门？

我的灵魂。

我的世界。

我的渴求。

如果她不敲我的门，我就会很难熬。

如果她不记得我，我就会很悲惨。

一滴水进入海洋就变成一块宝石。

一个海洋进入我的海洋就变成一滴水。

心啊，你在恋爱！

衷心祝福你的疯狂。

你把自己从每个地点解放出来。

衷心祝福你的新住所。

别理会两个世界。

只要孑然一身，每个天使和人

　　就会衷心祝福你的孤独。

在心的避难所深处是穷人的骚动。

纯粹的心啊，衷心祝福你的骚动！

隐藏的恋人啊，衷心祝福与心爱之人手牵手！

头顶上的天空的寻求者啊，衷心祝福你的上升！

拿走我的面包。

我的灵魂依然保持完整。

我们的爱的流浪者永不会一无所有。

我为其遮盖身体的人永不会赤裸。

我替其想办法的人永不会悲惨。

我聘用的人永不会被解雇。

变成宝石的石头永不会再变成石头。

恋人也许会生病，但绝不会死去。

月亮会变小但星星永不会。

恋人啊，背弃欺骗！

变成疯狂。

变成疯狂。

进入火的心。

变成蝴蝶。

变成蝴蝶。

把自己变成陌生人。

摧毁你的家。

来和恋人们住在一起。

要对得起心爱之人就必须纯粹，

　　除了灵魂什么也没有。

当你朝醉鬼走去，自己也要醉。

自己也要醉。

你想捕猎，你自己被捕猎。

你想找到安宁，你自己越来越不得安宁。

我可以因为你喝生命之水而叫你黑孜尔。

我可以因为你和心爱之人相爱了

　　而把自己献祭在你面前。

你是忧伤的猎物。

你没有造物主。

因为你在爱的道路上艰难跋涉，

　　你便与造物主达致结合。

把那焚烧智慧和使心膨胀的酒取来。

我们将无视我们的存在，如同喝酒之后的心。

欢畅地来吧。

把欢畅的初心都带到节日上来。

我们和大家一起欢畅，但尤其是和你。

我是黑夜，对月亮生气。

我是赤裸的乞丐，对国王生气。

我已告别叹息。

我绝不叹息，即便心爱之人生气了

　　或忧伤夺走我的平静。

每天我都承受新负担。

新负担。

无激情的人才会留在忧伤之屋。

在无激情的心里找不到你的秘密。

只有你不害怕的才是你应得的。

恋人的心无所畏惧。

它直达天外。

你的痛苦来自那个你误以为拥有药方的人。

你称为忠诚的，其实是谎言和诡计。

爱居住的地方，没有灵魂的立足处。

有疯狂的地方，逻辑就不能飞。

灵魂啊，不要失望!

希望出现了。

所有灵魂的希望都来自隐藏的世界。

灵魂啊，不要失望!

在牢狱的黑暗中那买了优素福

　并让他自由的国王来了。

叶尔孤白显现自己的真面目。

优素福来了。

那打破葛图斐尔[1]的妻子的贞洁的人来了。

衰老的痛苦啊，你有福了!

终于，有了一个药方!

紧锁的锁啊，打开!

终于，有了一把钥匙!

1　即《圣经》中的波提乏。葛图斐尔(波提乏)的妻子钦慕优素福(约瑟) 的英姿，勾引不成反而诬陷其欲行不轨。

我的职业是失业。

我的心对生命感到失望。

我，看不见什么，除了尘土的黑暗中的黑暗，

　　除了衰老的世界的欺骗。

你让心的网掉进海洋里。

你既不捕鱼也不停手。

我不会离开这座光的屋子，

也不会离开这座有福的城市。

我、心爱之人和恋爱，这就是我余生要做的全部。

即使把我杀了，我也不会背弃她。

别担心。
你失去的任何快乐都肯定会
　　以另一种形式重归你。

一个恋人，谦逊。
他还能怎样？

把酒杯给我我就会快乐。
诅咒我我就会快乐。

爬上屋顶看新月。

走进花园摘苹果。

我跟随一只看不见的手，它引导我。

这是谁的看得见和看不见的手？

我在我是看得见和看不见的时候跟随它。

如果你没有心爱之人，为什么不找一个？

如果你有了心爱之人，为什么不欢畅？

你认为这类事情是奇怪的。

你的惰性阻止你去行动。

多么奇怪，你竟然没有欲望去做这类奇怪的事情。

话如波涛涌现，但最好是通过你的心和灵魂说出，
　　而不是嘴巴。

如果你醉了，为什么不过一天审判日？

如果你没酒，为什么不来点酒？

为什么你和那个使你喝醉的人分开？

为什么不背弃

　　那个使你宿醉的人？

对托钵僧来说，这世界没有价值。

为什么不享受这场庆祝贫困的盛典？

那心里有爱和欲望但其心不表露

　　爱和欲望的人是有病的。

去坐在心的门前。

隐藏的心爱之人在黎明或午夜时分到来。

谁这样做，谁就是灵魂的同伴

　　并在死亡的时刻欣喜。

当石头击中他的脚，他找到宝石。

当他的灵魂离去，他和一个嘴唇甜蜜的

　　心爱之人在一起。

没有借口，即便有借口

　　也没有舌头和心。

没有逃跑的路，即便有我也没有脚。

世界被创造出来。

我们流动和舞蹈如洪水，

　　从山顶奔向海洋。

他坐在那里梦想明天做这做那

　　而不知道没有明天。

啊，天空的陌生人！

你应得的，岂止是这大地。

啊，美人的世界！

你在这世界上做什么呀？

没人问太阳为什么运动或花园有什么感觉。

一张黄脸被问到头疼。

没人问紫荆有什么感觉。

你走遍世界但只看见各种形状。

用水洗你的脸吧。

你一定是在沉睡。

拿起欢乐之杯逃离牢狱。

你，意识到这个世界，

    却被各种问题和答案囚禁。

如果你想把我们扶上宝座，

    那就把它放在海洋的心底吧。

如果你想吊起我们，那就把我们吊在伟大的苍穹上吧。

灵魂啊!

每颗粒子的中心都照耀着一个太阳。

每滴水里都奔腾着一百条河流。

除了你,我不选择任何人。

那里还有别的吗?

如果心爱之人想要多些,我们也要多些。

如果心爱之人想要少些,我们也要少些。

今天有舞蹈。

有舞蹈。

有舞蹈。

有光。

一线光。

一线光。

一线光。

这爱是共同的。

共同的。

共同的。

告别逻辑。

告别。

告别。

因为那创造我的灵魂的伟大灵魂，

　　你用你的灵魂拥抱我。

因为那埋在我们的废墟里的隐蔽的财宝，

　　你藏起我，不让任何人发现。

如果我们的获益是你的损失

　　那就是关起你从未对我们关起的门。

前往麦加朝圣的部族啊!

你在哪里?

你在哪里?

心爱之人在这里。

回来吧。

回来吧。

你心爱之人是你的邻居。

为什么在沙漠里漫游寻找?

心爱之人的脸超越所有形状。

观察她的脸并被丰富吧。

你变成一个家。

你变成天房。

你要十次走那条路才到达那个家。

但一次就可以从这个家升上屋顶。

告诉心别跟忧伤做朋友。

忧伤绝不会减少，如果你感到的全是忧伤。

心的鸟儿啊，别忧伤地飞翔。

忧伤不会增强你的双脚和双翼。

心在摆脱忧伤的时候飞翔。

它飞出尘世。

心啊，执拗并减少忧伤吧！

忧伤者不知道秘密。

把毒药倒进我杯里，我会高兴地喝下。

我不接受你的任何东西，

　　不管成熟不成熟，我都将是不成熟的。

如果你不在恋爱，就做个奴隶吧。

心啊，掉进她的陷阱吧，这样就可以从一千个陷阱里
　解脱出来!

像一条鱼在智慧的海洋里。
绝不要成为任何东西的同伴，除了纯净的水。

摆脱阴影，逃离你的邻居。

不要沉思你自己。

你把自己看作一缕发丝。

如果你沉溺在海洋里，为什么要走在陆地上？

如果你在海滩上，为什么不洗你的脸？

不要往你身外寻找忧伤的治疗。

你是每一种忧伤的治疗和解毒剂。

你不是碎片。

你不受任何事物和任何人的约束。

你融入人民。

你没有人民。

你孑然一身。

如果你没有头疼你就不需要药方。

你在审判日管理混乱。

你要在这混乱中待多久？

习惯它吧。

撕毁寂寞。

如果你要运气好，如果你不想

　　被每个阴影约束，那么无论你在哪里

　　都把你的脸向内看，否则就会永远蒙羞。

即使周围都是荆棘，

　　恋人的心也将是一座花园。

即使天空停止移动，恋人们的世界也照样运转。

即使每个人都变得忧伤，恋人们的灵魂

　　也将微妙、快乐、充满同情。

即使恋人看上去孤单，他也不会孤单，

　　因为他有一个隐秘的心爱之人。

你亲爱、慷慨又温柔，但也有意识。

离开这里吧。

恋人们不应该与有意识的人作伴。

谁也不应该与这类人相爱。

取我酒来。

逻辑是多么可憎。

你要让逻辑占有我多久？

你将永不得安宁，无论你和谁做朋友。

我把你颠倒过来因为你是我们的。

只有你的羞耻才会披露秘密。

只有羞耻的恋人才会喝那杯酒。

你见过奇迹。

看这里。

这是真正的奇迹。

心爱之人在恋人身边，有他，没他。

沉思笃信者和不信者。

你只看见哭泣、嚎啕、祈祷。

左右都有很多人不知道左右。

很多开口闭口"我是……""我们是……"的人
　　都不知道他们到底是谁。

只有愚蠢的花才会跟风争斗。

残忍使恋人的灵魂更炽热。

沉思非存在，观察奇迹。

失望中存在着这样的希望。

心爱之人啊！

你，突然离开我们的城市去旅行。

我们，难受。

你去了糖仓。

捎来你和你幸福的灵魂的消息吧。

你的离开是大新闻。

天空啊！

我还要埋怨心爱之人多久？

我没有一个说得上是

　　和她在一起的夜晚。

只有冬天废墟中的鸦叫。

如果我克服这些艰难时刻，

　　我会像夜莺那样赞美春天。

如果你的太阳失踪了，太阳就不照耀。

如果我不沉思你，

　　沉思就毫无益处可言。

如果我不和你一起，生命就是浪费。

如果你不保护我们，盾就没什么用。

在没有月亮的夜晚星星没有意义。

如果鸟没有头，双翼就没什么用。

我害怕白天的眼睛，那些神奇的眼睛。

我害怕黑夜的头发。

混乱的黑夜已准备分娩。

我被告知别害怕。

受苦带来光荣。

臼中捣碎的药给眼睛带来光。

所有恐惧都源自存在。

去吧，少点欲望！

所有恐惧都源自失败。

失败了，也就安全了。

那卖掉驴子的醉酒者

　　不担心笼头和鞍座。

他赤足穿过无荆棘的花园。

对他来说驴子毫无价值。

拆下每一道窗帘。

一个恋人无所谓廉耻。

她一刻也不应该远离。

分开带来毁灭。

很多无拘束的人。

很多看似容易的困难任务。

不管你怎样，都要和她在一起。

亲密催生爱。

绝不可考验分开。

没人会试喝毒药。

酗酒人啊！

我们从天上跌向地面。

我们的耳朵着迷于欢乐的音乐。

我们在小酒馆里，现在我们都醉了。

我们生在这里。

我们不知道别处。

表面上我们似乎厌倦于心爱之人。

内心里我们因为她在我们心里而感到何等幸福。

我们陶醉、欢乐、有力量。

我在心里听见我的敌人的胡说。

我能看见他的思想。

他的凶狗咬我的双脚。

我从未像狗那样咬他。

我咬自己的双唇。

都是我的过错。

我故意把一条毒蛇拽向我自己。

你是国王。

这样一个晴朗的日子将是我死在你面前的日子。

我在你的糖仓里撒糖时死去。

我在花园柏树的阴影里死去。

十万朵百叶之花从我的尘土里长出来。

我是否别烦你，由你来决定。

你是否要我每时每刻都成为你的瓦米克，

　　也由你而不是阿兹拉决定。

别违背诺言。

你不是适合做错事的人。

我，没做错事。

你拥抱的人将背弃全世界。

什么是羞耻？
恋爱时，羞耻没有意义。

我纳闷醉鬼的祈祷有多大效果。
他不知道他在哪里，也不知道是什么时候。

今天是拥抱心爱之人的日子，

　　如此深刻地沉思她美丽的脸的日子。

我们可以揪住心爱之人的头发，跟着她走，

　　如同木星揪住月亮。

我们可以在集市制造混乱。

今天是快乐的日子。

来吧，做彼此的同伴。

让我们手拉手

　　走向心爱之人。

今天是每个心爱之人跳舞的日子。

我们关闭商店。

我们无所事事。

我是太阳的奴隶。

我只谈论太阳。

我不是黑夜，不是黑夜的崇拜者。

我不讲梦的故事。

我像太阳那样走。

我照耀废墟。

我逃离宫殿。

我只谈论废墟。

我生于阳光。

我向真主发誓，我是凯科巴德[1]。

我不在黑夜里醒来。

我从不谈论月光。

1　伊朗神话和民间传说中的人物，也是菲尔多西史诗《列王纪》中的人物，凯扬王朝开创者。

我爱上你。

我没有别的工作。

我远离所有不在恋爱中的人。

我从不忧伤。

我从不忧伤。

我不抱怨痛苦。

我没有黄金。

倒可以把我的黄脸看成黄金。

这颗心是霍斯鲁，没有忧伤，除了为西琳。

我没有同情的伙伴。

我的心不带忧伤。

我们走了。

让别人长命百岁。

只要是出生的人，难免有一天要走。

庇护的天空见过一切落向大地。

别太勤劳。

没有任何学生能胜过老师。

如果我们是坏人，我们成就坏。

如果我们是好人，请记住我们。

我的白天变成黑夜。

在我生命最后一刻我的灵魂来探访我的双唇。

我祈祷的如此多，以致天空听见了

  并且自己也开始祈祷。

心爱之人抵达，酒杯在手，一种对宗教怀着敌意的酒。

一小口就会把我喝醉，但这杯酒是满的。

是我违背承诺，挣脱锁链，

　无视一切忠告，粉碎这邪恶天空的时候了。

死亡像一把剑，斩断所有纽带。

我也将这样做。

我要为一切担忧多久？

我应该在爱的面前感到羞耻。

何时我可以超越关心？

我们像屋子门前的水。

我们不知道为什么。

我们不清楚我们有多狂喜。

我们每一刻都更加陶醉于

　不知名的酒。

我们不知道为什么。

你的爱已经锁住我们的双脚。

我们无脚无手地游荡。

我们不知道为什么。

他们说我们的故事是无言地说的。

爱递给你一杯酒。

幸福地、欢乐地握住它。

酒呼唤忧伤。

谁听见你的问候

　　谁就会厌倦于国王的敬礼。

我们不要金银或财富。

我们要你的温柔，给我们送来翅膀。

我们不要评判者或评判。

我们要你的评判。

你是宝贵的生命。

做我们的生命吧。

我们不要年、月、日。

我如此羞耻。

没有人需要我。

我这种人与荣誉和羞耻无关。

有时候他们说我是可怜人，有时候说我是无赖。

我真可怜，因为我不知道我到底是哪个。

我像一支蜡烛。

我将燃烧到剩下一小截。

火是我的土地。

我，月亮，不住在任何地方。

别在外面寻找我，因为我在灵魂里面。

大家都要你到他们那里去。

我要你回归你自己。

用任何颜色画我，可敬或可耻。

我不在乎。

我是解放主人的奴隶。

我是使老师成为老师的人。

我是建立旧世界的新生灵魂。

我是宣称把钢炼硬的软蜡。

我需要一个沉思心爱之人的愚人，

    而不是一个沉思艺术的艺术家。

我需要一颗像贝壳那样拥抱珍珠的心，

而不是只想着自己的珍珠的虚妄、沉重的心。

黄昏时分太阳站在你面前祈祷。

你何时从太阳的心里出来?

我快乐，因为我没有了世界的快乐。

爱的安宁是严禁的。

逻辑以传道师的面目出现。

我提供建议。

你像柏拉图。

滚开。

你糟蹋了我们的节日。

你真不要脸！

在目睹了狂人的欢乐之后，

　　你又讲逻辑了。

当你看见太阳，要记得心爱之人的脸。

当你看见云朵，要记得奴隶的眼泪。

当你看见新月像我这样赤红如火，

　　看在你灵魂的分上，请记得我可怜的灵魂。

心爱之人啊！

今年我们认不出谁是陌生人谁是我们自己。

我们醉得连回家的路也找不到。

我们摆脱了逻辑的商队。

我们只知道怎样疯狂。

"在这陷阱里有一个种子。"他们说。

困在陷阱里，我们认不出种子。

昨夜酗酒人的杯子都满了。

我希望我们全部的人生都像今夜，

　　直到审判日。

醉鬼们喝酒的声音直达天空。

酒在我们杯里，风在我们脑袋里。

天空里有十万场暴乱。

十万个凯科巴德在祈祷。

穆斯林啊，重新开始你的生命！

心爱之人把非存在变成存在。

她公正对待恋人们。

我像谁？

这一刻是一个天使，

　　下一刻是寻找天使的人类。

在激情的火中我出现如一支蜡烛。

我既是烟又是光。

我既是碎片又不是碎片。

我是哪种鸟？

既不是山鹑又不是鹰。

既不美也不丑。

既不是这也不是那。

风穿过柳树并使它起舞。

只有真主才知道树对风说些什么。

如果你寻找秘密，就到醉鬼中间走动。

不知羞耻的醉鬼披露的秘密。

当心！

绝不要跟不知就里者纠缠。

要使火焰微笑，蜡烛就必须流泪。

要扩大灵魂，身体必须变小。

变得像天使吧。

降服魔鬼。

当你献祭了母牛，你就一步跨入天空。

如果你想要一颗不哭泣的心，

　　那就在心爱之人身边找吧。

如果你想要一枝永不凋谢的花

　　那就在春天里找吧。

安宁的追求者阴郁起来。

还是寄望一颗恋爱中的欢乐灵魂不得安宁吧。

我快速奔跑。

我快速奔跑为了抵达那些骑手。

我变成乌有。

我变成乌有并抵达心爱之人。

世界只是尘土和空气。

宝石是亵渎和非存在。

我进入亵渎之心并抵达信仰。

没病时不会有医生开药。

为了抵达药方，我变成每一种痛苦。

我可以成为两千种不同的人

 而依旧是神奇的我。

听那叫喊声。

别用你的手堵住我的口。

如果我变疯狂了，别把玻璃撒在我的路上。

我将踏碎我路上的一切。

每一刻我都伸手去触摸一个心爱之人。

她抓我的脸撕我的衣。

恋人们啊！

当肉体和灵魂都已经死亡，就尽你所能飞入天空。

用智慧之水涤净你的心和灵魂的尘埃。

注意！

绝不要让眼睛带着遗憾看这世界。

你的非存在是东，你的死亡是西，

　　两者都在一个不同于这天空的天空里。

通往天堂的道路就在你心中。

拍起爱的翅膀。

当爱的翅膀获得力量，

　　就不必担心梯子。

这个世界没有严肃的工作。

无论我做什么都像用双脚踩泥巴。

我的心爱之人不需要我的帮助。

我不是风吹来的灰暗尘土，

　　没有靛蓝色天空造成我的衣服生锈。

我的头没有破碎，那为什么用绷带？

因为我是世界的医生我永不会生病。

倒不如让我爱上你渴求的东西。

问问题无助于解开生命的秘密。

愚人船总是在风暴中沉没。

爱的疯狂好过十万个智慧。

那对你一无所知的心最可耻。

那没有灵魂的好消息的肉体必消亡。

那些仅仅是安慰的爱的言语多么无价值。

它们都是无用的言语，由舌头说出，

　　被耳朵听到。

那在恋爱中回避火的心最可耻。

一颗像金币那样花费掉的心绝不会变成宝藏。

在这个时候要尽你所能在没有时间

　　做任何事情之前使你自己摆脱时间。

我看见优努斯[1]坐在爱的海洋边。

"你好吗?"我问。

"我为自己而活。"他回答。

从现在起不要问我们怎样。

别去管这个问题。

无私的人无法讲清他是怎样的。

忧伤禁止我们流血。

我们允许忧伤流血。

我们使每一种靠近的忧伤流血。

每个人都希望战胜敌人。

看到我们的敌人的美对我们来说已经是胜利。

每个人都寻求宝藏。

我们寻求爱，而爱对我们来说意味着痛苦。

1　即《圣经》中的约拿。

你被允许残忍。

我们被禁止从你那里期待任何忠诚。

占领我们流血的灵魂吧。

心和灵魂里有爱和激情的人

   将活得像火中的蝾螈。

幸福的地方是非存在。

存在被非存在喂养。

每颗心都沉思非存在。

天堂的花园是非存在。

从先知那里学习炼金术。

真主给你什么就快乐地接受。

如果忧伤的信使来找你，

　　那就像拥抱你熟悉的人那样拥抱他。

如果心爱之人对你残忍，那就祝福她。

你们在这个角落是如此欢乐。

珍惜它。

朋友啊，你们遇上这样的好运气！

去乞求种子是何等不公平。

别这样做。

你们拥有两百次收获和仓库。

你们是天使所生的天使，

　　尽管你们现在哭泣如乞丐。

每个人都想办法摆脱自己的缺点。

你们有缺点是因为你们和灵魂一起庆祝，

　　却依然有意识。

当一个恋人叹息，那庇护的天空便裂开。

恋人们的眼泪是宝贵的。

天空是因为恋人们才能转动。

它因为爱才能存在。

它围绕爱而转动。

起来！

让我们也转动。

如果一棵树能用双脚或翅膀移动，

　　那么锯子就不会给它带来痛苦，斧头就不会给它

　　带来伤口。

太阳穿过黑夜移动，

　　最后抹掉黎明的黑暗。

如果你不能用双脚走路，那就展开一次

　　内心的旅行。

要像宝石那样，让光线冲击你。

我的屋子幽暗，但对于英俊的优素福来说
　　似乎已经够好了。
一个在水井底的心爱之人
　　从上面看显得很美丽。
一个高高在上的心爱之人
　　从下面看也很美丽。

我的酌酒人起来了。
我没吩咐她就取来宝贵的酒。
她听见了我心的语言。
毋须用双唇说话。

停止你的工作，把酒瓶打开。

这只杯是一匹马，被酒骑着。

斟酒人啊，打开它！

你的辉煌超过土星。

这里，屋子是用水和泥做的。

那里，屋子是用灵魂和心做的。

真主啊，我想念我的城市，我的土地！

世界是一具尸体。

大多数人像野狗。

诚实、甜蜜嘴唇的美人

　　以无尽的吻封住挪动的嘴唇。

如果你渴求酒，就进去吧。

如果你寻找面包，就离开吧。

这里没有面包。

谁崇拜面包谁就不能在这些美人中间。

一千把火。

浓烟和忧伤。

他们称之为爱。

一千种痛苦。

后悔和折磨。

他们称之为心爱之人。

对那些成了自己生命的敌人的人来说，

是做点什么的时候了。

一个献出生命的召唤。

一个对杀人者发出的召唤。

沉默！

沉默！

爱永远意味着相反。

太经常说的话就变得没意义。

没有人可以永远孤单。

当心。

如果你不与心爱之人和解，别人会。

如果我离开而这座屋子变空，

　　别人会入住。

那个别人会像我，或更糟。

这个有十万年历史的世界被我们继承下来。

父亲埋在尘土里。

儿子变成父亲。

牛奶和糖再次混合。

恋人们混合。

黑夜和白天移开，太阳和月亮混合。

美人们和恋人们的颜色

　　混合如银和金。

善，恶。

干，湿。

全都在自然里。

善和恶混合。

每天生命继续，渴望明天，不知不觉地，
　朝向混乱。

有时候富，有时候穷，生命继续。

随着每一个呼吸我们失去生命。

死亡在路上望着。

一个人走着，在探索。

死亡比我们的心灵更靠近我们。

只有无知的心灵才会忽视它。

你是曾经捕猎我的国王。

没有你就没有欢乐和睡眠。

你是我心爱之人，我的辉煌。

别对可怜的我如此残忍。

每天只要瞥见你的眼睛就变得如此丰富。

看一看我，我的问题就消失。

忧伤是快乐的影子。

忧伤紧跟快乐。

别理会快乐。

这两者永远不弃不离。

白天走了黑夜就来。

快乐走了忧伤就来。

一旦见到白天，你就无法避免黑夜。

当你紧跟忧伤，快乐也在紧跟着你。

当你紧跟快乐，忧伤也在守望着你。

爱与欢乐的关系是什么？

反映造物的镜子。

爱与嫉妒的关系是什么？

反映缺点的镜子。

你是我们的。

像我们一样快乐吧。

像花园里那株自由的柏树。

如果忧伤抵达，别让它扰乱你。

要求公正。

做公正的国王。

像荆棘丛中的一只刺猬。

藏起头，快乐，辉煌。

今天我似乎生于善良。

我纤弱而温柔。

不屑于让我吻她的心爱之人也要求我吻她。

我转过头去。

我昨晚做了一个怪梦。

今天我确实很幸运。

真主啊，对恋人们感到满意吧！

让他们胜利。

让他们庆祝你的美。

让他们的灵魂像你火中的香。

心爱之人啊，你使我们流血！

让灵魂为这只血淋淋的手而存在。

如果有人祈祷从爱中解脱出来，

　　那就让祈祷者进不了天堂。

如果你找不到我，那就到心爱之人身边找。

到天堂、花园和草地找我。

我沉睡如阴影。

到那株高大的柏树的阴影里找我。

如果你想看见我累垮和醉倒，

　　那就在渴求酒的眼睛附近找我。

深思者使用两种言辞，

　　简明和冗长的。

浅薄者使用两种言辞，

　　冗长和简明的。

如果写很多诗那会更好。

如果海洋充满珍珠那会更好。

就连骆驼也能欣赏诗。

你，没意识到自己是国王。

你，狮群中的死神。

你，苦恼的狮子。

你冲破笼子。

狮子冲破笼子并不令人吃惊。

令人吃惊的是像你这样的狮子竟然蹲在笼子里。

如果你恋爱了，爱就是证据。
如果你没恋爱，为什么寻找证据？

路上的寻求者寻求的不是国王。
国王有一颗心但他不是我们心爱之人。

只要你看见自己，你就永远看不见她。

我需要和特别的人、非存在的人在一起。

我不喝大多数人喝的杯子里的酒，

　　哪怕是来自天堂的酒。

如果一个人是珠宝商，他会知道自己的价值。

做守卫不会使一个人成为凯科巴德

　　和桑贾尔国王 [1]。

爱，贫困，服务。

三者都是生命的标志。

启示，沉思，可见性。

你寻求生命之水，你在水中洗衣服，

　　你坐在心边，这一切都是为了有一扇门向你打开。

---

[1]　即艾哈迈德·桑贾尔（1085—1157），又称桑贾尔苏丹，晚期
塞尔柱帝国苏丹。

我欢乐的头，你欢乐的心。

要是忧伤没头没心会更好。

恋爱和喝酒要比心爱之人和爱更好。

世界像海洋，肉体像贝壳。

灵魂体现珍珠之美。

珍珠比所有这些都要好。

让你的脸黄如黄金。

跟黄脸说说黄金。

有黄金忧伤也来。

没黄金忧伤也来。

有黄金的忧伤更好。

你打算离开。

真主保佑你。

你将胜利归来。

真主保佑你。

你在每一个地方都给每一颗心带来快乐。

你独特的美和忠诚。

真主保佑你。

你使一切更好。

你抹去心中的忧伤。

你抹去脸上的蜡黄。

真主保佑你。

忠告没有使我们更好。

糖不是什么，除了友善和甜蜜。

月亮不做什么，除了照耀。

花园不产生什么，除了美丽的颜色。

嫩枝不产生什么，除了叶子和花。

我们和酒的激情。

醉和偶像崇拜。

我们能做的只有这些。

我们探索如鲜艳衣服上的花。

我们变成马杰农。

吃饭和睡觉将一无所得。

这张脸不是我心爱之人的脸。

我的花园没有这样的树、叶和果实。

每一个人都违背诺言。

但在这座城市，风俗不一样。

她散播种子，隐藏陷阱。

我们不知道她隐藏她的敌意。

逻辑阻止我们，走在路上的我们，还有你们，恋人。

年轻人啊！

扯断这锁链。

路出现在你面前。

别问我爱的去处。

别问任何人爱的去处。

只向爱问爱的去处。

年轻人啊！

爱说话像云下雨，

　散布话像散布宝石。

年轻人啊！

爱不是柔弱、沉睡中的人的工作。

爱是英雄的工作，勇士的工作。

我向真主发誓，没有你这座城市对我来说就是牢狱。

我渴望被连根拔起。

我喜欢在沙漠里。

爱没有逻辑。

逻辑是拐杖。

你说了这么多，你已经超越语言。

据说这是不可能找到的。

"我渴望找到那不可能找到的。"他说。

去和心爱之人的影子合为一体。

别留下你的任何足迹。

如果给你一大杯酒，那就喝。

灵魂啊，要无拘无束！

恋人们啊，起来登天吧！

我们已经看够了这尘世。

让我们去看另一个。

所有这些画都表明有一个不为人知的画家。

啊，让我们躲避邪恶的眼睛，变成不为人知！

这条路充满危险，但爱引领我们。

爱教我们走这条路。

她的工作是调情，我们的任务是哭泣。

我们没有工作，除了哭泣。

我们进入花园采花，交给恋人们。

如果你是我们的同伴和秘密保守者，

　　我们就会向你透露我们的秘密。

我死去那天，当我的棺材准备好了，

　　不要认为我在尘世上受苦。

不要为我哭泣，当你瞥见我的尸体。

与心爱之人的结合终于在这里完成。

不要向我告别，当你把我放进坟墓里。

坟墓是通往天堂之门。

当你看见日落，要期待它很快又会升起。

日落月落都不是什么损失。

来吧，喝醉的酗酒人已经抵达。

给悲惨者送去好消息。

解决抵达。

爱的国王抵达并打开小酒馆。

他那宝石似的酒甚至感动那最铁心肠的人。

从他那里流出一千眼牛奶和糖的泉水。

他打开，把摇篮拿给小孩。

背弃舌头，变成只有耳朵吧。

快点，因为耳环已经抵达。

我从诗歌里解脱出来。

永恒的国王啊，诗歌的韵律要我命！

让洪水卷走所有的韵律，所有误导的词语。

诗人们的头是无脑的，只是个空壳。

我是一面镜子。

我是一面镜子。

我不是文人。

把你的耳朵变成眼睛，一切就会清清楚楚。

如果你不是寻求者，加入我们你就会成为寻求者。

如果你不是乐师，加入我们你就会成为乐师。

我们节庆里的一支蜡烛

　　可以点燃另一百支蜡烛。

你不死不活。

加入我们你就会活。

当一颗种子掉到地上，

　　它会长成一棵树。

如果你懂得这个秘密

　　你就会加入我们并掉到地上。

我们脱离自己。

自私是我们的宿命，我们的目标。

自顾自只是说说而已。

加入这些特别的节庆。

区分特殊人和其他人。

你内心里为特殊人，

　　外表上为其他人。

隐藏的真理将会显现。

在每一幅画里我看见画家。

骑上爱的马背。

别担心道路。

骑上这匹优雅的马。

即便在一条崎岖的道路上这匹马也将

　　一口气让你骑回家。

你看不到这审判日吗？

你看不到这雕像般的美人吗？

疯狂和神经病的是这座屋子的围墙和门道。

我坐在围墙顶，充当信号。

你是多么地纯粹啊！

是你疯狂吗，还是我？

和我一起喝一杯酒吧。

忽略所有指责。

逻辑告诉我们只有六个方向。

这之外便没有其他途径。

爱告诉我们还有其他途径。

"我走过它们。"爱说。

逻辑告诉我们别踏进非存在，
　　因为那里只有荆棘。

"荆棘都在你内部。"爱告诉逻辑。

沉默!

从心的脚上拔掉存在的荆棘。

你将在自己内部看见花园。

变酸。

这里所有人都是酸的。

变盲。

这里所有人都是盲的。

变瘸。

这里所有人都是瘸的。

在你脚上系点什么，然后像受伤者那样走路。

给你的脸涂上橘黄色如果你是美丽的。

展露你美丽的脸你背后就会被捅上一刀。

城市的狗不会狩猎。

狩猎者必须居于深山、老林和沙漠。

无论什么，一旦丰盛也就失去价值。

最好是在脑壳里保留一个不成熟的大脑。
成熟的大脑不需要脑壳。

如果你爱上爱，那就寻求爱。
拿起利刃割断生命的喉咙。
爱的道路上荣誉是一大障碍。
我是在跟你说实话。
优雅地接受吧。
你拉起衣服以避免弄湿。
海洋里有一千只鸭子送给你。

变成尘土之后，紧接着将是得或失。

我暂时变成尘土，看会发生什么事。

在死还没到来之前就变成尘土

　　是只有恋人们才能做到的。

真主指点他们如何扯断锁链。

一刻变成尘土。

一刻变成水。

一刻变成火。

一刻变成烟。

一刻变成心爱之人。

一刻变成同伴。

一刻变成经纱。

一刻变成纬纱。

从你心中抹去世界的忧伤

　并永远幸福地住在生命的花园里。

你可以用受苦之水洗涤

　心里的所有尘土。

如果你艰难地寻找一个超越尘土的地方，

　你将在全能的天堂里找到它。

如果你深深地思想，你就可以

　补偿你往昔失去的东西。

我恳求你：

别停止工作，别睡觉。

哪怕一夜也别睡。

你自私的欲望已经有一千夜

　从睡眠中得尽利益。

为了心爱之人的利益，今夜别睡觉。

把你的心交给那从不在夜里睡觉的柔嫩的心爱之人。

别睡觉。

大声向真实性呼喊。

停止在尘土里玩耍。

我有一个生命，现在渴望献出它。

当这堆火升起，整个世界将会哭泣。

给我一点时间。

给我一点时间去死。

世界因恐惧而撕裂。

灵魂因爱而飞翔。

当我飞翔我将引起每一只鸟儿嫉妒。

赶快去找那颗没有问题和答案的心。

那颗心是世界的太阳。

把尘土倒入贪婪的眼睛里。

把眼泪倒入燃烧着嫉妒的眼睛里。

当我讲授两千本书，哪怕没人喜欢，

　　我也不感到烦恼。

没有花微笑，没有书跳舞。

没有花园在没有晨风吹送的时候散播芬芳。

风啊！

让枝叶起舞，回忆结合的日子。

沉默！

用另一种语言说话。

你一直尊奉这个古老习俗。

尊奉另一个吧。

背弃你的同伴是不明智的。

与光一起旅行是不明智的。

在做了国王之后变成乞丐是不明智的。

心爱之人敦促你抛下你的自我。

如此紧抱着你的自我不放是不明智的。

眼睛充满血。

失眠。

我的心充满疯狂。

失眠。

鸟和鱼奇怪我为什么昼夜不睡觉。

在此之前我奇怪为什么天空从来不睡觉。

现在天空奇怪为什么我如此可怜不睡觉。

一个给病人开苦药的经验丰富的医生

　　也许会显得很残忍。

但他只是尽责而已。

即便在黑暗中脚也认得鞋。

欲望带路，把心领回家。

如果你寻求结合，那就跟那些已经有心爱之人、

　　已经结合的人坐在一起。

贫困的欢乐，像酒。

跪着祈祷，欢乐而谦虚。

两者都向低处流。

高傲令人厌恶。

高傲的人就该有一个里面没有欲望的空脑袋。

鱼啊，在海洋里寻求你的心想要的任何东西吧！

拒绝贪婪，否则会落入网里。

我在好运气的阴影里睡觉。

有时候你撒谎。

有时候你不忠。

是的。

只要你像那样，我就会像这样。

有时候我在这里吃草。

有时候我是别人吃的草。

有时候我是狼。

有时候我是母羊。

有时候我是牧羊人。

事物的表面没有力量。

它们是暂时的。

事物的真正本质没有用。

它们是隐藏的。

全能的恩典如同活水。

它往低处流。

要抵达全能的恩典我必须做尘土。

我必须被浸溺。

我们手里心里东西越少，就越好。

无论你应得的是什么，都是命运的安排。

兄弟啊！

智慧之言：

在这旧世界，要变得新净如天空。

花啊，你的脸多柔嫩！

别把你的脸埋在心爱之人脸上。

她多么柔嫩。

别想它，哪怕是心里想。

她看穿每颗心里的每个秘密。

她多么柔嫩。

把所有忧伤从心里清除出去。

心是一座屋子，那里住着我对她的渴望。

柔嫩的是我对心爱之人的渴望。

注意!

这是耐心的时候。

这是艰苦和挑战的时候。

当尖刀抵达骨头,诺言就破碎。

当一个男人因为艰苦而濒临死亡

　　诺言就变得脆弱。

心啊,别脆弱!

是坚强的时候了!

别躲起来。

你的脸有福了。

沉思你对任何一个灵魂来说都是赐福。

今夜每一颗渴求你的心

　　明天一定有福了。

给我们更多沉默的酒。

使我们沉默。

把话埋在心里有福了。

苏莱曼啊，拿指环来！

让每个天使和魔鬼都向你低头。

我已厌倦井和井水。

让强大的泉涌动吧。

别崇拜黄金和女人。

真主把这类事情称为亵渎。

派给我不断吻你的任务吧。

用一个微笑使我快乐。

我希望真主把你的心变柔。

这样欢乐的祈祷！

阿门。

恋爱无非意味着离开渴望。

意味着变得血腥，受苦，忠诚如一条狗。

没有比忧伤更幸福的了。

它的奖赏是无穷尽的。

我的疯狂等于一百个智者的财富。

那变得像我们一样的人有福了，
　快乐而顺从。

一座挤满醉鬼的屋子。
然而新醉鬼绎络不断。

乐师啊！
你欢乐地歌唱，美丽地演奏。
你应该美丽地歌唱。

你从我灵魂里出现。

你的家在哪里?

你,我闪耀的月亮。

你的家在哪里?

月亮和影子相依。

月亮照顾影子。

月亮啊,告诉我,你的家在哪里?

我,寻找月亮。

我寻找一百座屋子。

让我从这种寻找里解脱出来吧。

你的家在哪里?

最好是让一个恋人去受苦，让香着火。

喝残忍之杯的酒是困难的，

　　但在心爱之人手中，就变成幸福。

喝被慷慨和友善画了图案的杯里的毒酒吧。

做她的马球游戏中的球吧。

天空就会变成你的地毯。

这世界有两座屋子。

一座好运的屋子，一座受苦的屋子。

我向真主发誓，恋人两座都不住。

他既不寻求白天的欢乐也不寻求黑夜的休息。

他的心像黎明，藏在白天和黑夜之间。

他流泪的原因既不是苦恼也不是悲哀。

每一刻他都渴望更忧伤些。

忧伤啊，走吧！

醉鬼身边没有适合你的工作。

找个清醒的人，刺他。

清醒的人就像一条野狗，

　　除了打架什么也不懂。

我，如此可怜，对着知识和清醒哀吼。

这已变成谚语：

吃葡萄，别问葡萄园的事。

对于绝世美人，忠诚是不必要的。

你是黄脸恋人。

要有耐性，要忠诚。

看一眼凌晨的心爱之人

　　所有敌人便全部消灭。

她的脸是好消息，是幸福生活的征兆。

突然间你醒来！

突然间你目睹心爱之人的脸！

如此的富足，好运，快乐。

何时这笼子会变成一座适合我的渴望、
　　我的生命的花园？
那时满月会拥抱我们，
　　嫉妒者将会很难受。
每个已坠入离别的水井的人
　　将与绳子作伴寻找他们的路。

去吧，去吧。
你历尽这个世界，历尽痛苦和磨难。
画啊，你走向画家！
灵魂啊，你走向灵魂中的灵魂！
吃信仰之树的果实。
你经过无畏的屋子。
进入生命之水，像一条鱼。
你历尽这尘土世界的流亡。

你再次变得残忍。

记住。

你没按照你说的来做。

记住。

你说你会成为我的同伴

　　直到审判日，但现在

　　你是残忍的同伴。

记住。

在这些黑夜里你睡觉，让我独自醒着。

记住。

很多次你跌倒而我牵起你的手。

下次你跌倒，要记住。

每颗心如果没有心爱之人就会像一个无头人。

谁远离爱的陷阱，谁就像一只

  没有翅膀的鸟儿。

谁没有意识到醒着的人，谁就没有意识到任何东西。

别问起安宁。

在她的好运下寻求安宁吧。

因为她的脸，我的心不得安宁。

你，被她困住了。

别寻求自由。

没有梯子可以抵达贫困和信仰的屋顶。

你心爱之人没有恋人。

别找另一个心爱之人。

她的脸的美丽是无穷尽的。

永不要离开她。

世界是一个捕猎的地方。

每时每刻都有东西可捕猎。

要显得像一头狮子。

只捕猎狮子。

但愿有更多心爱之人的诡计来愚弄恋人们。

爱看见我哭泣于是开始微笑。

让世界因为爱的微笑而充满微笑。

面对她的宝石，石头因羞耻而熔化。

让羞耻羞耻于为她而羞耻。

心爱之人安顿下来。

但愿永远这样。

她所有的亵渎都变成宗教。

但愿永远这样。

被摧毁的土地是被邪恶摧毁的。

鹰变成苏莱曼的鹰。

但愿永远这样。

那袭击我的心然后又为我们

　　而把她自己隐藏起来的心爱之人

　　如今是恋人们的同伴。

但愿永远这样。

是欢宴的时候了。

是欢宴的时候了。

逃走的心爱之人已经抵达。

很多礼物围绕我们。

但愿永远这样。

别逃避火，否则你会永远是生的。

离开这个圈子你还是在陷阱里。

别像雨那样逃避你的同伴们。

如果你愤怒，你会永远游荡。

要忠诚于心爱之人。

忠诚来自非存在。

我担心你会在仍然不忠诚的时候就死去。

是跟我们和解的时候了。

你会像国王们一样，直到最后都快快乐乐。

无论你在哪里，看见穷人就跟他坐在一起。

无论你在哪里，看见哭泣的人就走开。

任何寻找每日面包的人，都要逃避穷人。

对我们来说，真正的穷人是巴亚济德[1]。

大多数人一年庆祝两次。

我们，灵魂的苏菲派，每个呼吸庆祝两次。

---

[1] 巴亚济德（约 804—874），苏菲派神学家。

恋人们的乐师啊！

开始演奏吧。

在虔信者和不信者之中点一把火。

要求爱沉默是不明智的。

把好意公开。

世界像一个锅。

很多其他不成熟的人被投进里面煮。

但你不在这里。

他们逃避不了它。

接受是唯一的药方。

心啊！

少谈爱的气味。

真正的恋人会自己去闻。

黑夜离去。

我们的故事讲不完。

译后记

伊朗电影导演阿巴斯生前除了出版过三部他自己的诗集外，还编选了几部波斯诗人的诗集。这一系列阿巴斯创作和编选的诗集，均由伊曼·塔瓦索利和保罗·克罗宁翻译成英文。英译者仅为这系列著作写了一个简略的总序，并没有详细或系统地就每一本诗集作介绍。就鲁米这本诗集而言，甚至没有说明阿巴斯是怎样编选或摘录的，或选自鲁米哪些著作。后来我查了一下阿巴斯这方面的英文资料，虽然很少，但总算知道他这本《火》，是编选自鲁米的《沙姆斯集》。

鲁米共有两部诗集，一部是《沙姆斯集》，收录约三千三百首诗，总计约六万行（不同版本篇数不同，行数各异）；另一部是《玛斯纳维》，约五万行。《玛斯纳维》已有中译本（六卷，湖南文艺出版社，2002，穆宏燕等译），但《沙姆斯集》尚未有中译，因此阿巴斯的选本既可以说是原著的精华本，也可以说是原著的浮光掠影。无论如何，总算使我们有机会略窥鲁米这部旷世杰作之一斑。

阿巴斯说："读《沙姆斯集》是一件艰难的工作。鲁米这本书里的诗歌就像一座茂密的森林，叫人见林不见树。你必须有能力带着一种批评的眼光来看这部作品，敢说这首诗不合我的胃口。读这本书时，砍树似乎是必要的。"他说，他从每首诗里摘选若干句子，并力图以一种连贯的方式来审视它们。他自称花了七年时间编选这本诗集，并说这是一项艰巨的任务，希望读者读后有收获。他表示，这本诗集对平时不大读诗的人来说，是一个"富有创意的诱导"。我完成翻译后，也顺着阿巴斯的思路，做了一些删节。

《沙姆斯集》的书名源自沙姆斯·大不里士。在鲁米三十七八岁、本人已经是名闻遐迩的苏菲大学者的时候，他遇到了已经六十岁的苏菲方游僧沙姆斯·大不里士。据说沙姆斯已经暗中观察鲁米很多年，觉得时机成熟了，才现身相见。他们一见如故，形影不离，废寝忘食地交流思想。美国诗人 W.S. 默温在发表于《纽约书评》的一篇文章里说："这段关系，无论它是什么，显然已经超出了普通的师徒关系。沙姆斯视鲁米为他一生中遇到的最有天赋的学生，并把鲁米视为他自己精神的反映。"鲁米的弟子们嫉妒和担忧沙姆斯对鲁米的影响，把沙姆斯逼走。鲁米派儿子去把他找回来。后来，沙姆斯再度出走，并且永远消失。据说鲁米两度去大马士革找他，都没找到。鲁米陷入无穷的悲伤中，并引发今天我们所知道的鲁米的两件大事：沙姆斯的离去激发他写大量抒情诗，并改变了他对作为一种世俗表达形式的诗歌的态度，还把他这部诗集命名为《沙姆斯集》；沙姆斯的离去导致他经常绕着花园里的柱子狂奔，于是有了他创立的旋舞和以旋舞为特色的方游僧教团。

德国权威的伊斯兰学者、哈佛大学教授安娜玛丽·席梅尔说："这次爱、渴望和丧失的经验把鲁米变成诗人。他的神秘诗反映了他的爱的不同阶段，直到像他儿子所说的'他在自己身上发现了沙姆斯，明亮如月'。把爱者与被爱者视为完全的同一，可以从他在大多数抒情诗末尾署上沙姆斯之名而不是他自己的笔名这点上看出来。《沙姆斯集》真正地把他的个人经验转化为诗歌。"

古波斯诗歌，尤其是苏菲派诗歌，往往以世俗的意象尤其是恋爱关系来表达人神关系，其最终的理想境界乃是达致人神合一。但是，对于既不懂波斯语又不是伊斯兰教徒或苏菲派教徒的读者来说，要全面理解鲁米，达致作者与读者的完全精神共鸣或"合一"，是几乎不可能的事。即便懂波斯语，例如原文读者，也很难完全领会鲁米的精神境界。所以阿巴斯才会觉得有必要"砍树"，为那些对鲁米诗歌的浩瀚森林望而生畏的读者踏出一条小径。

从阿巴斯自己的诗集看，他喜欢简朴。对此，他直言不讳："我爱简朴。例如在我编选的书中，譬如说《沙姆斯集》，我倾向于选择那些更接近日常谈话和接近简朴现代语言的句子。"换句话说，阿巴斯对鲁米的处理，就是"世俗化"。这跟最近三四十年来西方世界尤其是美国对鲁米的"世俗化"处理是一致的。

关于"世俗化"的一个活生生例子，恰巧被我遇到了。不久前有编辑邀请我译一首鲁米的诗，看上去是一首绝妙的情诗，叫作《美人的镜子》。这是我的翻译：

> 你不知道要找一个礼物送给你
>
> 是多么地困难。似乎没有一样合适。
>
> 给金矿送金块或给海洋送水，有什么意义呢。
>
> 我能想到的，都像把香料带去东方。
>
> 将我的心和灵魂献给你也没用，
>
> 因为这两样你都已经有了。
>
> 所以我送你一面镜子。让你
>
> 望着自己，想起我。

但是，我查了一下，发现这首诗来自《玛斯纳维》，其中一个英译本是二十行（当然也是摘选）。现在我根据中译本《玛斯纳维》，把这二十行抄录下来：

优素福说："请亮出你的礼物。"

这要求使客人惭愧得诉苦,

说:"我为你选了几样礼物,

但它们皆与我心意不符。

一粒沙我如何带去矿山?

一滴水我如何带去阿曼?

若我将心灵带到你面前,

犹如将茴香带去克尔曼,

这粮仓不缺任何种子,

除了你无可匹敌的俊丽。

我只有这样才匹配相当,

带给你一镜子亮如心之光,

从中可看见(你)自己俊俏模样,

你啊似空中之烛般的太阳。

光明者啊我带给你镜子,

当你照镜时会把我想起。"

客人从怀中将镜子拿出,

镜对俊美者能有大用途。

存在之镜是什么?泯灭。

若你非傻瓜就带去泯灭。

中译者穆宏燕注释:阿曼指阿曼海;克尔曼盛产茴香;

粮仓指现实世界；俊丽指真主的本质，苏菲派认为真主的本质只显现于完人的灵魂之镜，为他自己显现，"除真主外，无人能看到真主的美丽"。我不妨顺便翻译某本英文著作的一段解释：鲁米认为"非存在（泯灭）"是"存在"的镜子；"存在"只能在"非存在"里被看见。

由此我们看到：一，我所据的那个片断的英译带有意译成分，并且言简意赅；二，英译者在选译的时候是带着诗的眼光去发掘的；三，这个片断也因此脱离上下文了，把教义变成情诗。简言之，世俗化。这有点像把儒家对《诗经》的解释颠倒过来：儒家把男女私情硬是解释成政教大义，而鲁米的英译者，还有像阿巴斯这样的编选者，则努力要把诗歌从宗教大义里"拯救"出来，使之琐碎化、日常化。

在美国，除了也有把鲁米的宗教精神世俗化的倾向，即把他变成"新世代"灵性追求的一部分之外，还有把鲁米的诗歌语言世俗化或者说浅白化的倾向。事实上，正是拜这两种倾向所赐，才有了今天美国和西方的鲁米热，也才有了鲁米诗集成为美国最畅销诗集的盛况。

鲁米在美国的主要推广者是科尔曼·巴克斯。他做的已经不是意译，甚至不是再创造，而是一种奇特的现象。用他自己的话来说："不管你怎么称呼，协作翻译也罢，解释也罢，改写也罢，模仿也罢，我希望我的作品忠实于鲁米原创冲动的精神，希望它们传达他的某种力量和香气。"巴克斯也有过神秘主义经历，对鲁米的"原创冲动"的"精神"确实有自己独特的体会。更特别的是，他的英译并不是从原文翻译，也不是从其他外文转译，而是从原有英译本尤其是学术权威 R.A. 尼科尔森和 A.J. 阿伯里的英译本里"撮要"和"化解"出来的，被称为"英译英"，但更准确地说，应该称为"英译译英"，因为"英译英"一般是指譬如说把乔叟的古英语翻译成现代英语。

巴克斯用当代美国诗的语言来"化解"尼科尔森和阿伯里略带维多利亚味道的英译，语言上的化解是成功的，但内容上的"撮要"则是有争议的，尤其是被质疑将鲁米的宗教精神简化成"新世代"的灵性追求。巴克斯是居功至伟的鲁米推广者，其"翻译"也很耐读。但后来很多译者采用与他相近但更浅显的方式，在语言上越走越窄，有变成"小清新"之嫌。我个人感觉，尤其是从一个汉语诗人和译者的角度看，这类原本是要避免陈词滥调的"诗意"的翻译已经达到变成新的陈词滥调的地步，如同当代汉语诗歌的"诗意"语言被运用于翻译外国诗，也已经成为一种令人生厌的俗套。反而是尼科尔森和阿伯里的英译，我读起来更有味，尤其是如果我设想把它们翻译成中文，它们原来语言上的"过时"会被我在翻译中自然而然地化掉，变成现代汉语。另外，英美新近一些学者的翻译，也更可取，既准确，语言上又能跟当代英语诗合拍。鲁米学者富兰克林·刘易斯的百科全书式专著《鲁米：过去和现在，东方和西方》便有一个专章讨论"迈向真确性"，指向精准的直译。我希望在不久的将来，能根据各种较可信的英译本，自己编译一部鲁米诗选。现在就先通过阿巴斯这个选本来热身吧。

黄灿然，2019 年 5 月 11 日，洞背村

图书在版编目（CIP）数据

火：鲁米抒情诗 /（波斯）贾拉勒丁·鲁米著；黄灿然译.
-- 北京：北京联合出版公司, 2019.7（2025.7 重印）
ISBN 978-7-5596-3234-0

Ⅰ.①火… Ⅱ.①贾… ②黄… Ⅲ.①诗集—伊朗—
中世纪 Ⅳ.① I373.23

中国版本图书馆 CIP 数据核字 (2019) 第 092127 号

火：鲁米抒情诗

作　　者：[波斯] 贾拉勒丁·鲁米
编　　者：[伊朗] 阿巴斯·基阿鲁斯达米
译　　者：黄灿然
策 划 人：方雨辰
特约编辑：简　雅
责任编辑：李　红　徐　樟
封面设计：孙晓曦（pay2play.design）

北京联合出版公司出版
（北京市西城区德外大街83号楼9层　　 100088）
北京联合天畅文化传播公司发行
山东临沂新华印刷物流集团有限责任公司印刷　新华书店经销
字数146千字　880毫米×1092毫米　1/32　9.5印张
2019年7月第1版　2025年7月第8次印刷
ISBN 978-7-5596-3234-0
定价：59.00元

版权所有，侵权必究

未经书面许可，不得以任何方式转载、复制、翻印本书部分或全部内容
本书若有质量问题，请与本公司图书销售中心联系调换。电话：64258472-800